徳 間 文 庫

穴屋でございます

風 野 真 知 雄

徳 間 書 店

目次

第一話　穴屋でございます

一

それは妙な看板だった。いや、看板よりも商売の中身が妙なのかも知れなかった。まな板ほどの板っ切れに、うまくはないが味のある字で、
〈穴屋〉
と書いてあるのだ。そのわきに、
〈どんな穴でも開けます　開けぬのは財布の底の穴だけ〉
と小さく付け足してあった。
――穴屋だと？　ふざけてやがるのか？
この看板を見た者は、だれでもまず、そう思った。

だが、この長屋が本所緑町の長兵衛長屋、通称「夜鳴長屋」であったことに気づくと、

――それなら、そういう商売もあるのかも知れねえ……。

と、変に納得した。

夜鳴長屋という通称は、まるで長屋全体が夜鳴そば屋のように、夜になるとガタゴト動き出す連中が多いからだという。くわえてこの長屋は、おかしな商売を営む者が多いことでも知られている。

「御免屋」

という商いを営む男がいる。厄介事《やっかいごと》が持ち上がったとき、当人のかわりに謝まりにいくのが仕事である。

まぎらわしいのだが、その「御免屋」の隣には、

「お面屋」

が軒を並べている。

こちらは、当人そっくりの木彫りのお面をつくってしまう職人だという。

また、歳《とし》の頃は十七、八だが、ひどく色っぽい娘がいて、その娘は、

「ヘビ屋」

を商っている。これは、ありとあらゆる種類の蛇、生きたのから乾燥させたのまで、いろんな蛇をあつかっていた。

こんな奇矯《ききょう》な連中ばかりが暮らしている長屋なのである。だから、ここではどんな奇妙な商売が始まろうと、不思議ではなかった。

いま、その「穴屋」の看板を、汗みどろになって眺めている男がいた。

歳は六十は過ぎているだろう。大柄で目つきの鋭い老人だった。縞《しま》のゆかたを尻っぱしょりして、袖は肩までまくりあげている。それでもゆかた地は汗みどろで、肌にぴったりと張りついている。

夏も真っ盛りである。年寄りがこんな陽射しのきついうちに出歩かなくてもよさそうなものだが――、この老人ときたら、よほど気力が充溢《じゅういつ》しているのか、暑さなどというものは二の次、三の次のことらしい。どことなくただ者ではない雰囲気《ふんいき》が漂っていた。

「ふん。ここが穴屋か。なにが開けぬのは財布の底の穴だけでえ。おれだったら、開けぬのは心の風穴だけと気取るがね……」

老人は小さくつぶやき、開けっぱなしの戸口から顔を突き出した。

日盛りの外から急に室内に入ったもので、目がくらんだようになったらしい。目をしばたたかせていると、

「なんでえ、爺さん」

正面から声がした。

「噂《うわさ》を聞いてきた。穴屋というのは、おめえさんかい」

「ああ。どんな噂か知らねえが、看板にはいつわりなしだぜ」

若々しい声だが、まだ目が慣れずにいるため、姿かたちはよくわからない。

「それなら、頼みたい仕事があるのだが、入ってもいいか」

「もちろんだ。でも、その前に、瓶《かめ》の水を一杯飲んだほうがよさそうだぜ」

老人はうなずき、瓶に差してあったひしゃくで、喉を鳴らしながら水を飲む。

「馳走《ちそう》になったな……」

老人は板の間のふちに腰をおろし、ようやく慣れてきた目で部屋の中を見回した。

板の間は四畳ほどの広さで、壁にはツルハシやらカナヅチ、タガネなど穴掘りのための道具が並べられてある。板の間の向こうが四畳半で、その先は二、三坪ほどの庭。いわゆる九尺二間の棟割長屋よりは、だいぶ上等な長屋である。

「おめえさんが穴屋かい。名はあるんだろ」

「佐平次《さへいじ》というが、穴屋でけっこうだよ」

穴屋佐平次はふんどしひとつで、だらしなく足をのばしている。

歳は二十七、八といったところか。色は黒く、眉が濃く、精悍《せいかん》な顔だちだが、どこかに妙な愛嬌《あいきょう》や人なつっこさを感じさせる。

「変わった商売だが、修業のようなことはしたのかい？」

「穴屋なんて商売はあっしが始めたんだ。修業もへったくれもあるもんか。ほとんどは自己流だ。ただ、根付の細工師と宮大工は見習いの経験があり、その前はふた月ほど、佐渡の金山にもいた……」

佐渡の名を口にしたとき、佐平次の顔は一瞬、つらそうにゆがんだ。

「……だから、大きいのから小さいのまで、ほとんどの穴を開けることができるようになったってわけさ」

「なるほどな」

「それで、爺さんよ、仕事というのは？」

穴屋佐平次は訊《き》いた。

「じつはな……のぞきたいおなごがおる」

「ああ、おめえさんもかい。来る奴、来る奴、そればっかりだぜ……」

と、佐平次は脛《すね》のあたりをぽりぽり掻《か》きながら言った。

「だが、おれののぞこうって女は、絶世のいい女だ」

「惚《ほ》れた男は皆、そう言うさ。傍目八目《おかめはちもく》でみたら、せいぜい中の下ってとこだ」

佐平次がそう言うと、老人はむっとして、

「おれはこの先の相生町《あいおいちょう》に住む絵師だっ。絵師のおれが絶世のいい女と言ってんだ。穴屋なら穴の品定めだけにしておけ！」

たいそうな剣幕で、佐平次はいささかたじろいだ。

「おう、そいつはすまなかったな。もう少しくわしい話を聞かせてもらおうかい……」

老人の話によると、のぞきたいという女の名はおよし。歳は十八だという。

ろうそく問屋として知られる大黒屋の主人に囲われている。大黒屋の主人というのはもともと養子に入った身で、若いうちは商売一筋。三年前に女房を流行《はや》りやまいで亡くしてから、急にさかりがつき出し、仕入れ先の房州あたりでそのおよしを見つけてきた。つれてきたばかりは田舎《いなか》臭い小娘だったのだが、江戸の水で顔を洗っているうちに、とんでもなくいい女に生まれ変わった。

こうなると、やきもち焼きの大黒屋は、人目にさらすのが不安になって、根岸にある別宅に閉じ込めてしまったという。

「爺さんは、その女を見たのかね」

「一度だけ、本所の別宅から根岸の別宅に移すとき、ちらっと拝んでしまったよ」

「あのとき拝まなかったら、こんなにもの苦しい思いはしなくてすんだのにってか」

「そういうことだ……」

「のぞくのはその別宅なんだな」

「ああ。隣にある別の大店《おおだな》の別宅を借りてある。その主人に頼まれた大判の肉筆画を仕上げるかわりにな」

「そこまで手をうってあるのかい……」

ざっと話を聞いた佐平次は、

「よし、わかった。だが、断っておくが、おいらの仕事は安くないぜ」

念を押すと、老人は鼻で笑った。

「金なんざいくらかかってもかまわねえ。とにかくおれは、あの女を自分の筆で描きうつしてみてえんだ……」

老人が長屋の路地を出て、竪川《たてかわ》沿いの道を両国橋のほうに歩き出した頃合いを計っていた。

老人がきた頃よりは、陽射しはだいぶ西に傾いて、夜鳴長屋の路地にも日陰ができて、穴屋佐平次も家を出た。

佐平次はこの春に、ここへ越してきた。長屋の住人である御免屋の紹介であったが、その御免屋だって、佐平次のくわしい過去は知らないのだ。

もっとも、この長屋の連中の過去を洗いはじめたりしたら、どんなあぶない話がでてくるとも限らない。新入りの穴屋にしても真っ当な過去ではないことは薄々感じながら、長屋の連中はこの奇妙な稼業をいとなむ若い男を受け入れた。

この長屋、住み心地は悪くない。

間取りもいいし、なによりも路地や長屋全体のたたずまいが、小粋で洒落《しゃれ》ている。それは路地や軒先、井戸端などに数えきれないほど置かれた植木鉢のせいでもあるらしい。住人のお面屋が植木が趣味で、自分の家の前だけでなく長屋の路地全体に植木を置いて、まめに手入れをしている。このため、路地をとおってこの長屋の前にくると、ちょっとした木立の中に入ってきたように錯覚するほどだった。

――この長屋は当たりだった……。

いったん長屋を振り返り、その風情《ふぜい》に満足したあと、佐平次は老人の後をつけ始めた。

老人はいくら川沿いだとはいえ、熱気が帯のようになって流れてくる道を、足早に進んでいく。通りすがりの者が、その足取りの軽さに驚いたか、振り返って見たりしている。そのうちの何人かは、老人の顔を見知っているようでもあった。

老人は一ツ目橋の手前の路地を中に入っていった。

佐平次は足取りをゆるめ、ゆっくり路地に近づいて、老人がその中にある長屋に入っていくのを確かめた。

仕事の依頼があると、一通り話を聞いてから、こうして依頼人の後をつけるのが習わしだった。商売柄、怪しい話もずいぶん持ち込まれる。もっとも気をつけなければならないのは言うまでもなく、泥棒の手伝いである。

――どんな穴でもあけるが、どんな注文でも受けるわけじゃあねえ。

身を守るためにも、依頼人の正体と、依頼の中身にいつわりはないかを確かめておく必要があった。今日の依頼にいつわりの気配はなかったが、それでも念のため、老人の正体を確認しようと後をつけたのである。

佐平次の長屋も悪くないが、こちらはもっとつくりのいい長屋で、二階もついている。住んでいる人間も大工の棟梁《とうりょう》や大店の手代など、羽振りのいい連中が多いのだろう。

佐平次は路地の手前の木戸の上を見た。住人の名がいくつか、看板がわりにかけられていて、その中のひとつに、

「絵師為一《いいつ》」

というのがあった。

「やっぱり、そうかい……」

佐平次はうなずいた。

いいちと読むのか、あるいはためいちか、ためかずか。どれにせよ、本当はもっと有名な名がある。この男は、その名を惜しげもなく人にゆずったのだという。

佐平次はにやりと笑ってつぶやいた。

「あれが葛飾北斎か……」

二

「北斎先生……」

佐平次から名を呼ばれても、北斎は平然としている。どこで知ったかと訊きもしな

い。自分の名を他人が知っているのは当たり前だとでも思っているらしい。

「風雅な別荘ですねえ……」

佐平次は感心している。

根岸の、不動尊に近い川沿いの地である。上野の東叡山の北麓にあたるこのあたりは、花鳥風月、雪月花を愛《め》でるのにふさわしい場所として、文人墨客に好まれ、また豪商たちの別宅が立ち並ぶところとなった。

北斎が絵を仕上げるかわりに借りたという家は百坪ほどの敷地で、茶室に毛が生えた程度の建物と、小さな池と築山を持ち、裏手には根岸の里を横切って流れる音無川のせせらぎを聞こうという、洒落た造作だった。

「こっちはどうでもいい。肝心なのは、向こうのお屋敷だぜ……」

北斎は顎《あご》をしゃくった。

隣家は敷地全体が黒板塀で囲まれている。塀の向こうには街道の並木のように松がずらりと植えられているが、あまりにもこれみよがしで、粋な感じはちっともしてこない。

「ご丁寧に黒板塀を回しやがって。このあいだ、穴を開けてのぞこうとしたら、音を聞きつけた用心棒がふっ飛んできやがった」

「そうだ。この家の中に、ごっつくて陰険なツラをした元相撲《すもう》取りの大男と、身の回りの世話をする年寄り夫婦が住んでいやがる」

「用心棒……？」

「ああ。あんな奴を家に置いたら、かえって危ねえと思ったが、どうも女には興味がねえタチらしい。用心棒ばかりじゃねえ。下谷界隈《かいわい》で睨《にら》みをきかしている岡っ引きの岩三ってのが、しょっちゅう見回りにきやがる。大黒屋からよほどもらっているらしいや」

「用心棒ってのは、その大男ですかい」

そう言っているそばから、通りの向こうから懐手をした、がに股で、いかにも岡っ引きといった陰険な目つきの男がこちらにやってきた。

「ほうら、岩三のおでましだぜ」

北斎はそっぽを向いたまま言った。

岩三は隣家の門の前に立つと、こちらを見て、にやにや笑いながら近づいてくる。

「よう。北斎先生……見かけない若いのがいっしょだね」

「ふん。新しい弟子だ。いつまで続くかわからんがな」

北斎はあらかじめ口裏を合わせておいたことを言った。

「厳しい先生だからなあ。まあ、せいぜい絵のほうの腕を磨くんだな、若いの」

岩三は親切めかした言葉とは裏腹に、鋭い目で佐平次を一瞥《いちべつ》し、隣家に入っていった。

「元相撲取りに岡っ引き。たかが女一人に、ずいぶんなことで」

佐平次は呆《あき》れた。

「穴屋。お前だってあの女を一目見たら、大黒屋の気持ちも察するだろうよ」

「へえ。あっしも拝むのが楽しみになってきましたよ」

佐平次はそれからしばらく、方角の見当をつけたり、地面をさりげなく叩《たた》いてみたりして北斎とともに家の中に入った。

「どうだ、やれそうか」

「もちろんでさあ。ただし、やってみなくちゃわからねえことも多いので、日にちと金高はまだ、なんとも言えねえ」

「やってみなくちゃわからねえとは？」

北斎は怪訝《けげん》そうに訊いた。

「先生よぉ、穴ってものは、闇雲《やみくも》に掘ればいいってもんじゃねえ。とんでもなくでっけえ岩盤に突き当たることもあれば、出水がひどくて穴の中で溺《おぼ》れちまうことだってある」

佐平次の答えに、北斎は感心した。

「なるほどなあ……わしらは何も考えずに、地面の上を歩いているが、草履の下には何があるかわからねえってかい」

「そういうことだ。ただ、このあたりの湿り具合とか、さっき叩いてみた音の感じからすると、掘りにくい地面ではなさそうだな」

「ほう。湿り具合と音でか……」

ますます嬉《うれ》しそうな顔になる。特異な知識や技術を持つ職人が好きなのだろう。

「北斎先生、のぞくのはやっぱり裸がいいんだろう」

「そりゃあ、裸にこしたことはねえが……」

「大丈夫だ。風呂場でも仏間でものぞくのにはかわりはねえ。それじゃあ、今晩から早速、掘りはじめるが、その前にこの家の裏に物置小屋をつくっておかなくちゃならねえ」

「物置小屋？」

「穴を掘れば土が出らあな。その土をそこらにうっちゃっておいたら、穴を掘ってるのがすぐにばれちまうよ」

「なるほど……」

「しかも、終わったあと、とんずらできるなら裏の川にでも流しちまうが、そうもいくまい。あとで元通りに埋めもどしておかなくちゃならねえだろ」

「まったくだ。穴屋。お前の仕事は意外に細心さが必要なんだな」

「北斎先生。細心さがいるのは浮世絵師だけだとでも思ってたかい」

「若僧、生意気言うな」

北斎は佐平次を睨んだが、この若者がすっかり気に入ったようだった。

夜になって――。

佐平次は北側の部屋の床板をはずし、そこから穴を掘りはじめた。

北斎は佐平次の作業に口ははさまず、別の部屋で約束の絵の完成に精を出すことになっているのだが、

「だめだ。気になってな」

「なんでえ。見るのはいいけど、そこに立たれると困るんだよ」

「そうか。では、こっちならいいか」

「ああ。この図面は絶対に動かさないでくれよ。方角が狂ったら、風呂場の下にはい

けなくなっちまうんでな」

図面には、なにやらいくつもの線や数字らしきものが書き込まれてあるが、北斎にはさっぱりわからない。

「風呂場までの長さは算術で出したのか」

「算術なんて言えるほどのものじゃあねえ。夕方、糸をつかって、ここから向かいの道のヤナギの木までの距離を計った。そこから、風呂釜の煙が出ているところを眺めて、反対側の線とぶつかるところに印をつけるのさ。つまり、この三角のこととここを……」

佐平次は図面を指で示しながら説明する。

北斎に算術の素養などあるわけはないが、その説明をちゃんと理解した。

「穴屋。たいしたもんだ。お前にこの仕事を頼んだのは、まちがいじゃなかったようだ」

翌日——。

北斎が南側の部屋でいぎたなく口を開けたまま眠りこけていると、

「よう、先生。いま、向こうからやってきた男、あいつが大黒屋かい」

肩をゆさぶられた。

佐平次はゆうべ、遅くまで床下で穴を掘っていたはずである。

「なんだ、穴屋。早いな」

「掘りにかかると、あっしはほとんど眠れなくなっちまう。それよりも、あの男……」

佐平次は蚊帳《かや》の向こう、垣根の外の通りを視線でうながした。

「ああ、あいつが大黒屋だ」

「なんでえ。名前からすると恰幅《かっぷく》がよさそうだが、実際は枯れ木のようじゃねえか。歳も先生より若いということだが、向こうのほうがずいぶんと老けて見えるぜ」

大黒屋はふらふらとした足取りで、しかし一刻も早く囲った女に会いたいといった顔で歩いてきた。

「くるのは、いつも、いま時分かい？」

「ああ、商売が忙しくならないうちにやってきて、四半刻《しはんとき》（約三十分）ほどで、ハアハア言いながら帰っていきやがる」

「毎日かい」

「ほとんど毎日だな」

「たいした精力じゃねえか」

そう言うと、北斎はいたく競争心のようなものを刺激されたらしく、

「なあに、おれだったら朝晩の二度は通ってこられるさ」

と鼻の穴をふくらませた。

窓から見ていると、大黒屋は家の前に老夫婦を呼びつけたらしく、松の枝を指さしながらなにか命じている。どうやら、枝が外に伸びすぎていて、それをつたうと中に忍びこめるとでも注意しているようだった。

案の定、用心棒がはしごを持ってきて、外に出た枝をのこぎりで切りはじめた。

これで、およしを除き、隣に出入りする者の顔は皆、拝んだことになる。

「中のことを聞き出すとしたら、やっぱりあの野郎かな……」

佐平次は、のこぎりを不器用そうにあやつっている用心棒を眺めながらそうつぶやき、

「さて、おいらはまた、掘りはじめるぜ」

飯もまだだというのに、穴の中へ飛び込んでいった。

昨日は順調に掘り進み、早くも半分ほどまではきた。

中はひっそりとしている。

できるだけ音を立てないように杓子《しゃくし》やこじり棒などの道具で土をかき出し、溜まった土を後ろへと運ぶ。その繰り返しである。

「穴掘りてえのは、歌でもうたいながらやるんじゃねえかと思ってたぜ」

昨日、北斎がからかい半分でそう言うと、

「先生。馬鹿なことを言っちゃいけねえ」

佐平次はすこしむきになった。

「坑道の中ってえのは音だけが頼りだ。タガネを打つごとに、妙な音はしねえか、落盤の気配はねえかと耳を澄ませるんだ。歌なんてうたってる場合じゃねえ」

そう言うと、北斎は納得し、軽率な言葉を詫《わ》びたものだ。

まず、縦に七尺ほど掘り、そこから隣家の方角へ横穴を掘りつづけている。地盤は柔らかく、掘りやすい分、土砂崩れも心配だ。

だが、土砂崩れよりも切羽つまっているものがある。

――そろそろ例の恐怖がやってくるころか……。

穴を掘りはじめて、ちょうど真ん中あたりまできたとき、それは必ずやってくるのだ。閉じ込められる恐怖。真っ暗闇の中に閉じ込められ、出口が失われる恐怖。心臓はバクバクと暴れるように打ち、息ができずに口を大きく開けても、空気はまったく入ってこなくなる。冷や汗がたらたらと油を流したように滴《したた》り、意識がぼんやりし、ついには恐怖のあまり泣き叫びたくなってくる。

だが、それはしばらくすると潮が干上がるようにすうっと引いていき、不思議な静《せい》謐《ひつ》感《かん》と平安とが訪れる。そこからはやみくもに掘る。そして見えてくる出口——このときが穴屋の商売でもっとも嬉しいときである。

——もともと穴を掘ることが好きだったのだ……。

佐平次は、子どもの頃からの奇妙な習癖を思い出すことができる。真っ平らの地面があると、必ずそこに穴を掘りたくなった。壁があれば、穴をあけずにいられなくなった。

だが、穴掘りは佐平次の本能なのだった。

佐渡の金山で生き埋め事故を体験してから、あの恐怖の発作に襲われるようになったのである。

——だめだ。あのことは忘れろ……。

意識をそらそうとするほど、恐怖が出水のように全身を駆けめぐる。今日のそれはいちだんとひどい。こりゃあ、まずいや……。

「穴屋、どうした、しっかりしろ！」

ちょうど飯のできたのを知らせにきたところだったらしく、北斎が驚いた顔でぐったりしている佐平次をゆさぶりつづけた。

三

「これはお隣の関取じゃないですか」

佐平次が似合わない愛想笑いを浮かべている。きっと悪党が閻魔《えんま》さまと会うときは、こんな笑いになるのだろうと、自分でも思った。ここは上野の山下あたり。隣の用心棒とばったり出会った――というのは芝居で、もちろんここで待ち伏せていたのである。

穴掘りのほうは途中、一抱えもある岩にぶつかって苦労したが、あとは順調に掘り進んで、三日目の夜には風呂場のすぐ下までたどりついていた。いっきにのぞき穴を通すこともできるが、佐平次は最後の仕上げを急がない。中のようすもできるだけくわしく探ったうえで、貫通させるのが穴屋佐平次のやり方だった。

このため、中のようすを聞き出そうと、朝からこの用心棒をつけまわしていた。用心棒は岡っ引きの岩三がきているうちに抜け出し、湯島界隈に多い、男色専門の色街あたりで遊んだ帰りだった。

「関取だと……ずいぶん昔の話だがな。それより、おめえは？」

「ほら、隣にいる北斎先生の弟子ですよ」

「ああ、そうだったな」

「関取。うちの師匠に聞いたが、なんでもあの別宅には凄《すげ》え美人がいるんだってね」

やはり関取という呼び方は、この男の心をくすぐるようである。嬉しそうな顔をして、

「なんでえ、もう聞いたのか。おい、のぞこうなんて気になっちゃいけねえぜ」

「滅相もねえ」

「もっとものぞこうたって、そんなことはできるわけがねえんだがよ」

「へえ、ところで関取、そばでも食いながら、軽く一杯どうです。お近づきのしるしにおごらせてくだせえよ」

「なんだ、しょうがねえな。あの美人の話を聞きてえんだろ。まあ、絵描きだったら、たしかに一度は描いてみたくなるだろうな」

用心棒はまんまと佐平次の誘いに乗ったのだった。

「そんなに厳重なんですかい、あの家の警戒ってのは？」

銚子《ちょうし》を向けながら、佐平次は訊いた。

「ああ、あの大黒屋の旦那はおよしさんにベタ惚れでな。誰にも見せたくないってほどだ。おいらのようによほど信頼がなければ、拝むことはできねえのさ」

用心棒はそう言って、いやな目つきで佐平次を見た。背筋に寒いものが走ったが、すぐに目をそらしたところを見ると、どうやら好みとは一致しないでくれたようだった。

「へえ、そんなに……でも、そのおよしさんの美貌の噂はずいぶん広まってますから、なかには壁や塀に穴を開けてでものぞこうという連中もいるでしょうよ」

「ふん。たしかに以前、本所のほうに囲われていたとき、家の風呂場に穴を開けてのぞこうとした奴がいたらしいや」

「風呂場にねえ……」

佐平次は顎のあたりを掻いた。

「ところが、いまもいる老夫婦ってえのが、ひどく目や耳の利くやつらでな、そののぞき穴を見つけやがったんだ」

「へえ。それはまた……」

佐平次はいやな顔をする。その老夫婦は、いかにも実直そうだった。

「しかも、そののぞき穴を見つけたのを旦那が感心して、以来、のぞき穴を見つけたら一両の褒美《ほうび》を出すことにしたのさ。だもんで、あの夫婦者は、毎日、血まなこになって、怪しい穴を探しまわってるぜ」

「なんてこった……」

佐平次は思わず口にしてしまう。

「なんだと」

「いえ、なに、こっちのことで……まいったな、関取、とてもそんな悪さはできなくなっちまったぜ」

この愚痴が本心だとも知らずに、用心棒はさも面白い冗談が言えたような顔で、何度も佐平次の肩を叩きつづけたのだった。

「穴屋のお兄さんじゃないか」

長屋の前で鉢合わせした佐平次の顔を見て、しなをつくったのはヘビ屋の娘だった。たったいま、湯屋からもどってきたところらしく、上気した艶《つや》っぽい肌をしている。

「ああ、これはヘビ屋の……えっと、名前は聞いてましたかい？」

「おや、まだだったかい。お巳《み》よっていうのさ。みは巳年の巳だよ」

「そうだ、お巳よさんだった」

ふたりは連れ立って、長屋の路地へと入った。

「穴屋さんは、この数日、見かけなかったじゃないか」

「ああ、ちょっと仕事で出てたんだけど、あと一歩のところで仕事が止まっちまってよ」

用心棒から中のようすを聞いたあと、考えあぐねてしまった。

――老夫婦をなめてはいけない……。

と思ったのである。素人衆《しろうとしゅう》のカン働きをなめると、ひどいことになる。それはつねづね自分に言い聞かせてきた教訓である。ましてや暇《ひま》をもてあましている老夫婦なのだから、ちょっとした家の変化――たとえば穴から入る風だとか、匂いだとかに気がつく恐れは充分にある。しかも報奨金欲しさに、家の中をくまなく見張りつづけているという……。

なんとか最後の手立てを考えようと、佐平次はとりあえず一度、長屋にもどってきたところだった。

「そういうこともあらあね。そんなときはぱあっと気晴らしがいちばんさ」

お巳よはそう言って、斜向《はすむ》かいの家に入っていこうとする。その後ろ姿――白いうなじと細い首がふっと白蛇を連想させた。縁起がいいと「様」をつけて呼ばれるほど大事にされる白蛇……。

「よう、ヘビ屋のお巳よさん。商売の相談があるんだがな」

佐平次は声をかけた。

「おや。あたしがお役に立てるかい？　嬉しいねえ。まあ、入ってちょうだい」

佐平次は恐る恐る、お巳よの家の戸口をくぐった。

冷たく薬臭いような匂いが鼻をついた。

壁一面、小さな木箱が重ねられている。すべての箱に、ヘビが入っているらしい。

生きたヘビだけではない。棚のところには干からびて、だが、見事にとぐろを巻いたヘビがいくつも置かれてあるし、ヘビの名を書いた酒瓶も積まれてあった。

――ん……？

耳を澄ませると、シュルシュルという音がいくつとなく聞こえてくる。

「おやおや、初めて嗅《か》ぐ男の匂いらしく、ヘビたちがいきり立ってるよ」

「あんまり気味のいいもんじゃないね」

「そうかねえ。穴屋さんだったら、ヘビなんていくらでも出くわすだろ？」

「そりゃまあ、珍しくはねえが……」

穴の中では、冬眠中のヘビなどに出くわすのはしょっちゅうだった。だからといって、ヘビと深いつきあいをした経験はない。

「いっしょに暮らせばかわいいもんだよ」

「そういうもんかねえ……それで仕事なんだが、ここには白ヘビはいるかい？」

「もちろんさ。うちの売れっ子だよ。白ヘビってのは、じつはアオダイショウで、たまに生まれる白子なんだがね」

「へえ、そうだったのか」

「それで白ヘビをどうするんだね」

「穴の中から出入りさせて、人を驚かせて欲しいんだよ」

「お安い御用だ。でも、白へビ様は安くはつかえないよ……」

お巳よはそう言って、木箱のひとつに手を入れ、無造作に中のヘビをつかみ出した。長さはゆうに三尺はあるだろう。神々しささえ感じさせるほど、真っ白なヘビだった……。

「あれえっ！」

老婆の悲鳴が穴をとおって、地下道にいる佐平次たちにもつたわってきた。

「お前さん、早くきておくれっ」

「なんでえ、いったい、どうしたんだ」

「ああっ、およし様はきちゃいけねえだ。気絶なさるといけねえから」

「なあに、婆や、まさか、曲者《くせもの》じゃないだろうねえ」

「ちがいますよ。あらら、旦那様まで。悲鳴なんかあげて申し訳ありません」

上の騒ぎが手に取るようにわかった。

この日の朝も大黒屋の旦那が訪ねてきた。それを見計らって、お巳よに白ヘビを穴から出してもらった。

旦那としっぽり濡《ぬ》れる前か、あるいはその直後かに、およしは風呂につかるだろう。最初に見つけるのはおよしか、旦那か、あるいは老夫婦のどちらかだろう。そう予測して、穴の下でようすを窺《うかが》った。

結局、老婆のほうが、風呂場にいる白ヘビを発見して、騒ぎが始まったのである。

「これは、なんと……」

「旦那、怖いわ……」

「なあに、怖いことはねえ。およし、こりゃあ、素晴らしいぜ。白ヘビは昔から幸運のつかいと言われているんだ。しかも、こんな立派な白ヘビだ。どれほどの幸運がやってくるのか、想像もつかないくらいだよ……」

「それじゃあ、旦那様。このヘビは殺したりせずに……」

と訊いたのは用心棒らしい。

「殺すだなんて滅相もねえ。ほら、そこの穴がヘビの巣につながっているんだろう。おい、お前さんたちもこの白ヘビ様を苛《いじ》めたりしてはいけないよ」

「わかりました……」

旦那の言葉に、居並ぶ連中がいっせいにうなずくようすもつたわってきた。

「どうやら、うまくいったね」

佐平次の耳元で、お巳よの声がささやく。狭い地下道で、お巳よはさっきからぴったりとからだを寄せてきている。肘《ひじ》のあたりにはお巳よの乳房が押しつけられている。見た目よりもずっと豊満な乳房らしい。

「じゃあ、姐《ねえ》さん。白ヘビ様はお役御免だ」

「おや。もう、いいのかい。もうすこし、こんなふうにしていられたら、あたしは何だかホッとするようで……」

お巳よは、ますますにじり寄ってくる。だが、この妖艶なヘビ屋の姐さんとどうにかなろうものなら、なんだか祟《たた》られそうな気がして、佐平次は自然と腰がひけてしまう……。

「ほう、うまくいったかい。たいしたもんだな、ヘビ屋の姐さんも」

佐平次の報告をうけて、北斎はお巳よを見ながら目を細めた。

「あら、高名な北斎先生にお褒めいただいて光栄でござんすよ」

お巳よは北斎の名を口にした。

どうして知ったのかと佐平次が怪訝そうな顔をすると、お巳よは北斎がちょうど完成させつつある肉筆画を指さした。絵のすみに、「北斎改為一筆」と署名されてあった。

「それにしても、言葉もわからねえヘビを相手によくも芸を仕込んだもんだな」

北斎の言葉にうなずき、佐平次も疑問を口にした。

「ヘビは目や耳が利くのかい？」

「いいえ。ヘビってのは、目も耳もほとんど利かないんですよ」

「だったら、どうやって……」

「餌を取るのかって訊きたいんでしょ。匂いでわかるんですよ」

「匂いねえ……」

佐平次が半信半疑の顔をすると、お巳よは気を悪くしたような顔で、袂《たもと》から小さな壺《つぼ》を取り出し、なにやら液のようなものをひょいと佐平次の首あたりに塗った。

「おっと、お巳よさん。なに、するんでぇ」

「これは、この子の好きなネズミの匂いさ。どうするか、まあ、見ててごらん」

白ヘビはすぐに動いた。

いままでおとなしく籠《かご》におさまっていたのが、ふいに鎌首を持ち上げ、しゅるしゅると佐平次の首まで這《は》い上がってきた。

「ううっ……」

恐ろしいが、逃げ出すわけにはいかない。

ヘビは佐平次の首に巻き付き、ぐいぐいと締め上げてくる。

「く、苦しい……」

まるで荒縄で締めあげられているようだ。

「この子は穴屋さんの首をネズミだと思って締めあげているんだよ。これで、あたしの言ったことが嘘じゃないっておわかりかい？」

「わ、悪かったよ。疑ったりして……」

佐平次が詫びると、お巳よはべつの籠から生きたネズミを取り出した。すると、白ヘビは途端に佐平次の首を離れ、そのネズミに向かってまるでムチのように身体《からだ》をしならせていった。

「驚いたもんだ……」

佐平次は首筋を撫《な》でながら言った。

「これじゃあ、人殺しだってできるぜ」

「もちろんでさあね。して欲しい人がいますか？」

お巳よは佐平次に艶然と笑いかける。

「いやあ、穴屋の腕にも感心のしっぱなしだったが、ヘビ屋の姐さんにも驚かされた」

北斎がちょっとこわばった空気をほぐすように言った。

「いいえ、あたしの腕なんてヘビたちのおかげですもの。それよりも凄いのは、北斎先生の筆。その美人の艶っぽいこと」

お巳よの指さした絵は、浴衣《ゆかた》姿の女がうちわ片手にくつろいでいるところだ。胸元がはだけて乳房の片方がのぞいているばかりか、割れた裾《すそ》からは豊かな下の毛までがのぞいている。掛け軸にするには色香がきつすぎると思われるが、そのような注文だったらしい。

「なあに、こんな美人はつまらねえ。ヘビ屋の姐さん、あんたを描かせてくれるなら、もっとぞくぞくするような絵に仕上げてみせるがね」

「なにをおっしゃいます。これからのぞこうってのは絶世の美人なんですってね」

お巳よは憎らしそうに佐平次を見た。どうやらさっき穴の中でそっけなくしたのを恨んでいるらしい。

佐平次はあわてて、

「先生は、美人画の連作でも新しくはじめるおつもりですかい？」

話の矛先《ほこさき》を北斎に向ける。

「ふん。おれはもう、女なんざ描くのは、飽き飽きしてるのさ。それをいまさら、美人画の連作なんてやるわけがあるまい」

「それじゃあ、およしは一度限りですかい。それにしちゃあ、ずいぶんな準備金をかけるもんですねえ」

「穴屋。できあがったら、お前にも見せてやろう。お前にも独自の工夫があるように、絵師もまた、一枚の絵を仕上げるためには、いろんな工夫を凝らすものなのさ」

北斎はにやりと笑った。その不敵な笑みは、まさに満天下にその名を轟《とどろ》かせた偉大な絵師の傲慢《ごうまん》なくらいの自信に満ちていた。

四

白ヘビを這わせたその日のうちである。

夕方には早かったが、隣の家の風呂場あたりで煙があがるのがわかった。今日も汗みどろになるほど暑い一日だったので、行水がわりにぬるい湯につかり、汗を流そうというのだろう。

佐平次は北斎をつれ、坑道へと入った。

狭いので這うように進む。ちょうど風呂場の真下あたりは、人間二人が座りこめる程度に広げてあった。

佐平次は片手に細身の大根の尻尾《しっぽ》を持っている。万が一、向こうがこの穴を疑うようだったら、この大根の尻尾をちらちらさせて、白ヘビを装うつもりだった。

はじめに佐平次が覗《のぞ》いてみた。土間には簀《す》の子《こ》も敷かれてあるが、この穴は風呂場のいちばん隅に開けられたため、邪魔になるものはない。斜め下方から風呂場全体を見る恰好となった。

と、そこへ、ちょうどおよしが湯文字もつけずに、風呂場に入ってきた。

佐平次は息を飲んだ。

明かり取りの窓から西陽が入りこんできているので、身体の隅々、表情のすべてまではっきりと見える。さらに、湯気がたちこめているので、風呂場全体が淡い茜色《あかねいろ》に染まっていた。

まるで夢に見る天女のようだった。

細身の身体なのに乳房は豊かに実り、美しい曲線でつんと上を向いている。腹などに余分な肉はついておらず、なまめく線をたどって、下腹の陰りへと結ばれていく。線もきれいだが、その肌の艶がまた、どうだろう。白く、光り輝き、湯気さえはじくような張りを持っている。

そして、けがれというものをすべて洗い流したような清純そのものの顔。とくに目元の涼しげなことは、深い山奥の清いせせらぎを見るようだった。

その切れ長の目がちらりとこっちに向けられた。暗い穴の中の目に気がつくはずはないのに、佐平次は自分のすけべ心まで見透かされたようで、思わず顔を赤らめてしまう。

北斎が佐平次のわき腹をつついた。代われと言っているのだ。物音と、佐平次の息づかいの変化とで、およしの登場を知ったのだろう。依頼人は北斎である。代わらないわけにはいかない。佐平次は未練たらたらでのぞき穴を譲った。

「……！」

北斎も息を飲んでいた。

本当にこれほどの美女は、ちょっとやそっとでは見つかるわけはない。大黒屋が誰の目にも触れさせずに、自分ひとりのものにしたいと思うのも、素直に納得した。

北斎はもう、佐平次に代わってやろうという気はさらさらないようだった。およしのすべてを目の裏に焼きつけようとしているようだった。

ところが――。

しばらくして、北斎はあんぐりと口をあけた。

同時に上が騒がしくなった。

「岩三親分！　いったい、なんのつもりですか！　旦那に言いますよ」

およしがなじると、岩三の落ち着きはらった声が聞こえてきた。

「言えるものなら言ってみな。旦那はさっき店で倒れてあの世いきよ」

「えっ……」

穴の中では、佐平次と北斎も顔を見合わせた。たしかに大黒屋は顔色も悪く、いつも肩で息をしていた。いつ倒れたとしても不思議ではない。

「あんたは今日で、後ろ盾を失った。そのかわり、晴れて身軽になれたわけだ」

「………」

「衣食住に足りても、つまらねえ毎日だっただろ。おいらはかわいそうだなと、ずっとあんたのことを見ていたんだぜ……」

佐平次は息をつめて、上から聞こえてくる言葉に耳を澄ませた。

およしが怯《おび》えた声をあげた。

「源兵衛！　おしな！　藤五郎！」

老夫婦と元相撲取りの用心棒の名だった。

「無駄だよ。旦那が死んでしまったあと、おいらに逆らうのはためにならねえと、あいつらはわかっているんだからよ」

なるほどあれだけおよしが大声で叫んだのに、誰も駆けつけてくる気配はない。

「むしゃぶりつきたくなる身体だぜ……」

「触らないでください」

「触るなんて勿体《もったい》ねえ。あっしはただ、拝ませてもらいてえのさ。じっくりとね……」

媚《こ》びたような、だが脅しもふくんだ岩三の声が、穴をとおして聞こえてくる。

佐平次はこぶしを握った。

「あの野郎……」

北斎が不穏な気配を察し、早まるなというように佐平次の腕を軽く叩いた。

「なあ、およしさん。悪いことは言わねえ。大黒屋の旦那のあとは、この岩三のものになんなよ。おめえを閉じ込めたりはしねえ。もっと身軽にさせてやるし、それにもっといい気持ちにさせてやるからよ！」

「あれっ！」

その悲鳴を聞いた途端――。

佐平次は手ぬぐいで頬かむりすると、勢いをつけて頭からのぞき穴を突き破った。

「うわっ」

たまげたのは風呂場のふたりである。

突然、土間の隅が破裂したようにふくれあがり、人が這い出てきたのだ。

「野郎。人の不幸につけこんで、女をなぶりものにしようとは許せねえぜ！」

「あわっ、あわわわ……」

「白へビ様の化身が懲《こ》らしめてやるわ！」

佐平次はそう言うと、岩三の頬を二、三発こぶしで殴ってやった。

岩三は白へビ騒ぎについては知らないはずだが、土の中から人が出てきた驚きは白へビもへったくれもない。這うようにして逃げていく。

「大丈夫かい、およしさん」

「あうっ、あうっ、あう……」

およしのほうも感謝どころではない。気を失いそうになりながら、岩三のあとから腰を抜かしたような恰好で逃げていく。

佐平次はあわてて、出てきた穴に飛びこむと、北斎に向かって言った。

「これで終わりだ、先生。さあ、早いとこ、この穴をふさいでしまうぜ」

この一件から二十日ほど経《た》って――。

佐平次は回向院《えこういん》に用があったついでに、近くの北斎の家を訪ねてみた。このあいだまで蒸し暑い日がつづいていたのが、いまはふっと寂しくなるくらいに涼しい風が竪川沿いに吹きぬけてくる。

「よう、穴屋。よくきてくれたな」

北斎は入り口前の板の間で、紙に顔をつけるようにして絵を描いていたが、佐平次を見ると嬉しそうな顔をした。

「先生。例の絵はできましたかい」

およしの絵ができたら、見せてくれるという約束だったのである。

「おう。できた、できた。見てくれ」

北斎は立ち上がり、後ろの絵を入れるらしい箪笥《たんす》の引き出しから、大事そうに一枚の絵を取り出した。

「待て、待て。そう、慌てるな」

のぞきこもうとする佐平次を制して、北斎は版木のような板で上半分を隠し、それから佐平次に絵の前に座るよう命じた。

「ほう……」

佐平次はすぐに目を奪われた。

およしが手桶で肩口から水をかけているところだった。あの美しい顔に、夏のひだるさと、湯で汗を流す心地よさとが浮かびあがっている。そして、かけた湯は乳房から腹、下腹部の茂りへと流れ落ちている。湯や、それをはじく肌の質感までが見事に描きこまれていた。

「こいつは凄えや……」

佐平次はとくに絵が好きなわけでもないし、女っけのないときにあぶな絵で目を慰めるくらいしかしてこなかった。それでも、北斎の絵の素晴らしさはわかった。そこには陳腐なあぶな絵とはまったく次元を異にした美しさがあった。

「どうでえ、日本一の美女と言ってもいいくらいだ」

「まったくだ。しかも、さすが北斎先生だ。あのとき、穴からのぞいた興奮よりも、もっと心を突き動かすものがありますぜ」

「ほう。ずいぶん褒めてくれるな。だが、穴屋……およしは真の目的ではなかったんだ」

「え……？」

「じつはな、本当に描きたいのはこっちだったのさ」

北斎はそう言って、上の版木を外した。そこに描かれてあったのは、富士だった。

「これは……！」

赤い富士だった。その富士のまわりには、幾層もの雲がたゆたっていた。富士と空だけの、じつに単純な構図の絵だったが、しかしその絵は圧倒的な迫力で見る者にせまってくるのだった。

「こいつは……」

「おれは絶世の美女にも負けねえ富士を描きたかった。そのためには、こうやって同じ絵で比べて、それでも目がいくような富士にしたかったのさ」

「ああ……」

北斎は絵師にも工夫があると言っていた。それがこれだったのだろう。

「どうでえ、こうやっておよしと富士とがあって、どっちに目がいくかね」

「ふ、富士ですよ……」

およしほどの美女を見事に再現した絵がすぐ下にありながらも、佐平次の目は富士に張りついて離れなかった。富士のわきには、「富嶽三十六景　凱風快晴　北斎改為一筆」と書き込まれてあった。

「じゃあ、およしはこれでお役御免だ」

「あっ……」

北斎はその絵の下半分を小刀ですっと切り離すと、無造作にくしゃくしゃと丸めてしまった。

「なんて、もったいねえ……」

「なあに、富士を描くための絵なんだから、売り物にするわけにはいかねえよ」

「そういうもんで……」

できればもらって、家に飾りたいくらいだった。

「それに、およしはそんなにいい女じゃねえ。近づくのはおよしってなもんさ」

「え……？」

「たしかに顔かたちはまれに見るいい女だが、女の中身が……」

北斎は皮肉な笑みを浮かべ、

「あの女、結局、岡っ引きの岩三に囲われやがったぜ」

「まさか……」

では、あのときの抵抗ぶりはなんだったのか。

「男への操なんて気持ちはこれっぱかりもねえのさ。あるのは欲得だけ。あんな女より、ほれ、このあいだのヘビ屋の姐さん……」

お巳よのことだろう。

「あの姐さんのほうがよっぽどいい女だ」

「そうですかねえ」

佐平次は顔をしかめた。

あの後、お巳よから白ヘビを借りた分の代金を請求されていた。その金額ときたら、ほとんど北斎に請求した穴掘り代と同じくらいだった。しれっとして金を受け取ったお巳よの顔を憎らしく思い浮かべたのである。

「あの姐さん、おれが睨んだところではまだ、おぼこだぜ」

「まさか……」

「おい、穴屋。日本一の絵師の目が信じられねえかい」

妖艶なお巳よがじつはおぼこで、あの天女のようなおよしが岩三に囲われた……どうやらこの世のしかけは、穴屋の腕をもってしても容易に測りがたいようだった。

「それじゃあ先生……」

未熟さを笑われたような気分で帰ろうとした佐平次に、北斎が声をかけた。

「穴屋。おめえさん、ただの穴掘り職人なんかじゃねえだろ」

佐平次の足が止まった。

「いいえ、先生。あっしはただの穴屋でございますよ」

そう言うと、北斎は大口をあけ、

「アッハッハ、ただの穴屋かい。それだって充分、うさん臭《くせ》えぜ……」

歩き出した佐平次の背に、愉快そうな高笑いがしばらく追いかけてきていた——。

第二話　猫に鼻輪をつけてくれ

一

春の歌を奏でるべき鶯《うぐいす》でさえ昼寝をしてしまいそうな、のどかな午後であった――。

いかにも人の良さそうな、しかしどこかに思い悩んだ気配のあるだいぶ年配の武士が、本所緑町の長兵衛長屋の路地に立って、軒先に下がった看板を眺めている。看板はまな板ほどの大きさで、

〈穴屋〉

と書かれてあり、そのわきに小さく、

〈どんな穴でも開けます　開けぬのは財布の底の穴だけ〉

と付け足してあった。

武士はしばらく躊躇《ためら》ったあと、あいている腰高障子の中におずおずと声をかけた。

「ごめん。穴屋どのはいらっしゃるか」

「あいてますぜ。遠慮なく入ってくれ」

若々しい声がもどってきた。武士が足を中に踏み入れると、板の間に鏨《たがね》や錐《きり》、こじり棒や金槌《かなづち》などの道具がいっぱいに並べられ、その真ん中に若い男が座っている。

「そなたが穴屋か」

「へえ、佐平次《さへいじ》といいますが、穴屋でけっこうですぜ。ここんとこ暇なんで、道具の手入れをしていたんだが、お武家さま、なにか、仕事がありますかい?」

と、佐平次は屈託ない調子で言った。

「うむ。穴屋という商売があると聞いてきたのだが、はたしてできるものなのかどうかわからんのだが……」

「お武家さま。あっしの看板に偽りはありませんぜ」

「相手は生き物だぞ」

武士は馬鹿にされるのを警戒してか、なかなか依頼を明らかにしようとしない。

「生き物だろうが、化け物だろうが、穴ならあっしに開けられないものはありません」

「そうか。じつはな……猫に鼻輪をつけてもらいたいのだ」

「猫に鼻輪……！」

佐平次は一瞬、呆《あき》れた顔をしたが、

「もちろんでさあ、そんなことはおやすい御用で」

と、すぐに胸を張った。

「やったことがあるのか？」

「猫はありませんが、牛の鼻輪は何度かやっています。なあに、それほど難しいことじゃありませんよ」

仕事欲しさの職人のハッタリではない。

佐平次は佐渡の金山で坑道掘りを覚えたほか、根付の細工師や宮大工のもとでさまざまな穴を開ける技術を学んだが、もともと穴を開けるという行為に妙な興味と快感を覚えるタチであった。それで目についたあらゆる穴に挑戦してきたのである。牛の鼻輪もそのひとつだった。

牛の鼻輪なんて、百姓たちはわざわざそれを他人に頼んだりはしない。だから、佐平次は逆に金まで払って、これを体験させてもらった。

乱暴なものである。生後五カ月ほどの牛を押さえつけ、固い木を削ってつくった鼻抜き棒で鼻っつらに穴を開けるだけで、鳴こうが暴れようがおかまいなしだった。佐平次はその鼻抜き棒を鋭利な道具にし、できるだけ素早く貫くことで、牛の痛みを少なくしてやった。

「おめえがやったら、牛は鳴かなかっただ」

と百姓が驚いたほどだ。だから、

――猫も、そう大差あるまい……。

と佐平次は思ったのである。

「それで、その猫はつれてきたんですかい」

「いや。仕事はここではなく、こちらの屋敷でやってもらうことになる。わしは、横川法恩寺橋近くの早瀬虎之助という旗本の用人をしておる渡辺忠右衛門と申す者」

と武士は名乗り、さらに事情を語った。

「じつは、当家の姫さまが、突然、言い出されたことでな。猫に鼻輪をつけたいと……」

「ふうむ、姫さまがねえ……猫に恨みでもあるんですかね」

「そんなことはない。姫さまは子供の頃から猫が好きでな、つねにおそばで飼ってこられた。恨みなどとはとんでもない……」

「では、よほど逃げられたら困るとか」

「以前に飼っていた猫は外と屋敷を勝手気ままに出たり入ったりしていたが、その猫はひと月くらい前に死んでしまった。いまの猫はまだ生まれたばかりで、よちよち歩きみたいなものじゃ」

「逃げる心配もねえってことですね……」

なにやら得体の知れない話だが、下手に突っ込んでも、仕事をなくすことになりかねない。このところ暇がつづいて懐具合も寂しくなっているのだ。

「わかりました。まあ、変わった生き物が相手ということで、命の保証込みで、三両ということでいかがですか」

「承知した。では、明日、当家を訪ねてきてくれ。猫の鼻輪はこちらで準備しておく」

商談はまとまり、早瀬家の用人渡辺忠右衛門は、少々疲れた足取りでうららかな陽射しの中へ出ていった。

渡辺忠右衛門が角を曲がるとすぐ、佐平次も長屋を出た。仕事の依頼があったときは、必ず依頼人のあとを尾《つ》けることにしている。依頼人の正体と、依頼の中身に偽りはないかをたしかめるためである。

穴屋の依頼でもっとも多いのがのぞき穴をあけることで、次に多いのが泥棒の手伝いだった。のぞき穴はともかく、泥棒の片棒をかつぐ気はない。

――どんな穴でも開けるが、どんな注文でも受けるわけじゃねえ……。

それが佐平次の心意気だった。

横川の法恩寺橋近くといえば、同じ本所である。その言葉どおり、渡辺忠右衛門は竪川《たてかわ》沿いに歩いて三ツ目橋のところを左折し、武家屋敷が並ぶ道を歩いていく。途中には大名の下屋敷が並び、高い塀の向こうに桜の花が満開になっているのも見えた。風が吹いてくると、桜とは別の甘ったるい花の香りも混じっている。

渡辺忠右衛門が入ったのは、ざっと眺めて二千坪ほどの屋敷だった。横川とは通りをひとつ隔てているが、法恩寺橋のあたりであることはまちがいない。

念のため、通りかかった蜆《しじみ》売りに訊《き》いてみると、たしかに旗本の早瀬虎之助の屋敷だという。

もっとも、たかだか猫の鼻っつらに穴を開けるくらいのことが、それほどたいそうな悪事にかかわるはずはなかった。

――あぶねえ依頼じゃなさそうだな。

このところの手元不如意の暮らしから逃れられそうである。今晩あたりはひさしぶりにへべれけになるまで飲むつもりだった。

二

早瀬家の姫を一目見て、穴屋佐平次は、

――やはり、引き受けるのではなかった。

と後悔した。

一晩中泣きじゃくったことがすぐにわかる顔である。目はぶっくりと腫《は》れあがり、鼻は真っ赤に色づき、涙のあとが幾層もの筋になって目の下から頬を走っている。歳《とし》は十六、七といったところだろう。こんなことでもなければたいそう可愛らしい顔なのだろうが、いまは直視するのも耐えがたいほどの崩れようだった。

ここは早瀬家の離れになっている。あまり使うことのない茶室といった風情《ふぜい》の建物である。猫の喚《わめ》き声が屋敷中に轟《とどろ》くのもまずいのだろう。

庭は広く、手入れも行き届いていて、けっこうな眺めである。かたちのいい松や梅の中に、満開になった桜の巨木も一本混じって、この縁先でひがな一日寝そべっていたら、さぞかしのんびりできることだろう。だが、いまはそれどころではない。

「それで、どういたしましょうか……」

とんだ愁嘆場《しゅうたんば》を見せられ、佐平次は弱り切った顔で渡辺忠右衛門に訊いた。

「どうすると訊かれても姫がこれでは……」

と、渡辺忠右衛門も横目で姫を見て、眉をひそめるばかりである。

すると姫は佐平次を睨《にら》みつけ、

「あなたがおちょんに鼻輪をつけるなんてことなど無理だと言えば、こんなことはせずに済んだのに……！」

と、井戸から浮き上がってきたお化けのように呪わしい口調でなじった。おちょんというのは、どうやらこの仔猫の名前らしい。

「そ、そんなこと言われましても……」

佐平次は肩をすくめる。

たしかに姫の気持ちもわからぬでもない。まだ、生まれて半月も経たないような、なんとも愛らしい仔猫である。この斑《ぶち》の混じった仔猫に鼻輪をとおす穴をあけるなんて、進んでやりたい仕事ではない。

この世には猫好きという人種がいるらしいが、佐平次はその気持ちがよくわからない。まるで人間の赤ん坊を可愛がるような過剰な思い入れがこもった言動を見聞きするたび、尻がこそばゆくなるのだが、目の前にいるこの仔猫ばかりは、猫好きでなくともひどいことはしたくないと思うだろう。

だが、そんなに嫌でかわいそうなら、猫に鼻輪をつけるなど言い出さなければよかったのに、それには何か事情というのがあるのだろう……。

「では、姫、とりやめにしますぞ。穴屋にも帰ってもらいましょう」

四半刻《しはんとき》ほど姫のすすり泣きを聞いたあと、渡辺忠右衛門も、もうこりごりだというように言った。

すると姫は狼狽《ろうばい》し、キッと用人を睨むと、

「いえ、やります」

「本当にやってよろしいのですな」

「は、はいっ」

涙はもう涸《か》れ切ったらしく、顔をゆがめて大きく頷《うなず》いた。

「では、穴屋」

佐平次も気乗りしない口ぶりで、

「へえ、では、鼻輪にする輪っかをいただきたいんで。それはこちらで準備なさるということでしたから」

「おお、そうだったな。姫、輪っかを」

用人は姫を見た。どうやら姫が手配することになっていたらしい。

「わかった。忠右衛門、あの、慶長観音像を持ってまいれ」

「は……」

渡辺忠右衛門はきょとんとした顔をした。

「あの慶長観音像は、杖《つえ》を持っていて、その先に金の輪っかがついていたであろう。あれをしばらく借りたいのじゃ」

姫の言葉に渡辺忠右衛門は慌てた。

「急に何を……いけませぬ」

「だって、本体ならともかく杖の先っぽの小さな添え物ではないか」

「たとえ一部であろうと、あれは当家に代々伝わってきたもの。殿のお許しがなければ、絶対にできませせぬ」

「だが、父上はあのとおりではないか」

母屋《おもや》の方を向いて言った。

「ううっ」

　用人が困った顔をしたところでは、この屋敷の当主はどうも許すとか許さないとか、そういう判断ができる状態ではないらしい。

「ならば、祝言の日まではわらわが当主のようなもの。さあ、忠右衛門、早く持ってまいれ」

「そ、それは……」

　話の雲行きがおかしくなってきた。

　佐平次は縁側の下の石に腰をおろして、二人には背を向けながらも、しっかり聞き耳を立てている。

「姫。誰にそそのかされました？」

　渡辺忠右衛門がふいに声を低めて言った。

「そそのかされてなどおらぬ」

「いいや、誰かが背後にいるにちがいありませぬ。そうか、どうも妙なことを言い出したと思ったら、猫の鼻輪なぞ単なるダシで、本当の目的はあの慶長観音像だったのですな」

「本当の目的？　忠右衛門、そなたはなにを言っているのですか」

姫はとぼけているわけでもなさそうだった。ということは、誰かにだまされているのか……。

「忠右衛門。これは命令です。早く、どこかに隠したあの像を持ってまいれ！」

主家の姫にここまで言われたら、用人としてどうしようもないのだろう。渡辺忠右衛門はしばらく席を外し、それから白菜ほどの大きさの箱をたいそう重そうに持ってきた。

「これが慶長観音像でございます。隠し場所はまだ姫さまといえどもお教えするわけにはいきませぬが……」

渡辺忠右衛門はそんなことをつぶやきながら、箱を開け、幾重にも包まれてあった布をほどいた。

「ほう……」

佐平次は遠慮も忘れて思わず立ち上がってそれをのぞいた。

黄金の観音像であった。

こまかい細工はほどこされてはいないが、全長一尺ほどあるだろう。

それが一個の作として見た場合、どれほど価値のあるものなのかは、佐平次にはわからない。

佐平次にとってはそれが芯まで純金なのかどうかがいちばん気になるところだが、それもちょっと見ではわからない。

だが、触ってみれば、見当はつくだろう。

「では、その輪っかを取り外しますか」

佐平次はそう言って手を伸ばした。観音像は杖を持ち、その先に親指と中指でつくるくらいの輪っかがついていた。

「待って……」

姫が叫ぶように言った。

「こんなに大きかったなんて……」

たしかにこの輪っかは、仔猫につけるには大き過ぎるだろう。もしかしたら、命にもかかわるかも知れない。

「やっぱり、駄目……！」

「え、あのう……」

いまさらそれはないだろうと佐平次は落胆して渡辺忠右衛門を見る。しかし、忠実な用人は首を振るばかりである。

「こんなものを、おちょんにつけさせるわけにはいきません。許して……！」

姫はどっと突っ伏してしまった。

それを見た渡辺忠右衛門も、佐平次に頭をさげながら、

「穴屋、この話はなかったことにしてくれ。済まぬが、帰ってもらおうか」

「あ、はあ……」

とても代金のことなど言い出せる雰囲気ではなかった。


佐平次がなにか腑《ふ》に落ちない気持ちで屋敷の門を出てくると、五間ほど向こうにいた若い男が慌てて顔をそむけた。手に木の枝のようなものを持っているが、あれはまたたびではないか……。

上背はあるけれど、やたらひょろひょろと痩《や》せている。町人のなりだが、どこかに武士らしい無骨な印象もある。目元には険があったが、ぐれた感じはない。

つまり、この若者が発散するのは、ちぐはぐな感じなのである。佐平次が自分自身を振り返ってみて思うのは、若者がそんな印象を抱かせるときは、心の均衡を失っているからであるはずだった。

——この男が姫の背後にいるというヤツかな……。

そう思ったが、だからといってどうこうできる立場ではない。三両が手に入らなか

ったのは悔しいが、こういうことも商売にはつきものなのである。

明日からの懐具合が気になり出すと、佐平次の腹の虫はぐうぐうと盛んに鳴きはじめていた。

三

すでに陽はすっかり落ちてしまったというのに、長屋のそこかしこで、ごそごそと住人たちが動き出した気配がある。

佐平次の住む長兵衛長屋は、別名「夜鳴長屋」とも呼ばれている。まるで夜鳴そば屋のように、夜になると活動を開始する者が多いからである。

だが、佐平次は畳の上に大の字になったまま、できるだけ動かないようにじっとしている。動けば、それだけ腹も空くからである。

昨日の晩、飲み屋で有り金全部をはたいてしまっていた。今日、入ってくるはずだった猫の鼻輪の三両をあてにしたからである。

ところが、三両は夢と消え、さっそく夕飯代にも事欠く始末となった。

——なあに、どうにかならあな……。

生ぬるいような春の闇《やみ》に向かってうそぶいてみる。

すると、腰高障子の破れ穴から艶《つや》っぽい声が洩《も》れてきた。

「穴屋のお兄さん、いるかい」

ちょっと鼻にかかった声である。

「ヘビ屋の姐《ねえ》さんだね。入ってもいいぜ」

声をかけると、戸が静かに開いた。

風呂帰りらしく洗い髪を束ねただけの、それがなんとも色っぽい娘が立っている。この長屋に住むヘビ屋のお巳《み》よという娘で、生きたヘビから乾燥させた生薬まで、あらゆるヘビを取り扱っている。

佐平次は以前、自分の仕事にお巳よのヘビを借りて以来、ずいぶん親しい仲になった。ただし、男と女の関係はない。あまりの色香についふらふらっとなるときはあるのだが、うっかり手を出そうものなら祟《たた》られそうな雰囲気がある。しかも、しなをつくってみせても、最後のところはぴしゃりと拒絶されそうな感じもする。どちらにせよ、生易しい相手ではなさそうなのである。

「湯屋を出たところに稲荷寿司売りが出ていたんで、よかったら晩飯がわりにいっしょにつまもうかと思ってさ」

「そいつぁ、ありがてえや」

佐平次は飛び起き、板の間に広げられた包みに遠慮なく手を伸ばした。

「おや、ずいぶんお腹《なか》を空かしてたんだね」

「仕事にあぶれちまってさ」

「そういうときもあらあね。あたしもこのあいだまでぴいぴいしてたけど、ここんとこ、いい金づるが見つかったもんでさ」

「そいつは羨《うらや》ましいな」

なんだかんだと話をしながらつまむ稲荷寿司の残りも少なくなってきた頃――。

「穴屋さんはおられますか？」

またも外で声がした。

「なんでえ、こんなに遅くに？」

お巳よとちょっとした夫婦気分でいたところを邪魔されて、佐平次は不機嫌そうな声を出した。

「ちょっと訊きたいことがありまして……」

こっちの返事も待たずに戸が開かれた。立っていたのは、あの早瀬虎之助の屋敷の前にいた若い男だった。

「昼間、ちらっとお目にかかりましたな」

どうしてここを知っているのか。佐平次は警戒心をかきたてながら、平静を装って訊いた。

「おめえさんは……」

「訊きてえことってのは？」

「穴屋さんは、今日、あの屋敷の猫に鼻輪をつけたのではなかったんですかい？」

なぜ、この男がそれを知っているのか。やはり、姫をそそのかしたのはこいつだったらしい……。

「やるはずだったが、あそこの姫さまがどうしてもやらせてくれなかったのさ。仔猫ちゃんが可哀相でとてもできないんだとさ」

「こ、仔猫ですって……」

男は眉を寄せた。若いわりには、眉間にくっきり神経質そうな皺《しわ》が刻まれている。

「ああ。まだ、生まれて半月も経たない、こんなちっちぇえ仔猫だったぜ」

「猫はおちょんじゃないのですか」

「名前はそうだったが、そういやあ、ひと月ほど前に、それまで飼っていた猫が死んじまったとか言っていたような」

「それじゃあ、おちょん、おちょんと姫が呼ぶ声が聞こえていたのは、二代目のおちょんだったのか……」

若い男は呆然《ぼうぜん》とつぶやいた。

「二代目？」

「ええ。前のおちょんはイヌも逃げ出すほどの巨大なデブ猫で、鼻輪をつけようが、尻尾《しっぽ》をちょん切ろうが、痛くも痒《かゆ》くもねえってモンでした。また、あのデブ猫はやたらと人に爪を立てやがって、わたしは一度なんざ額から顎《あご》の先まで引《ひ》っ掻《か》き疵《きず》をつけられたこともありました」

猫に恨みを持っていたのは、どうやらこの男のほうだったようだ。

「やっぱり、姫さまに猫に鼻輪をつけるようそそのかしたのはおめえさんだったんだな」

「ええ、まあ……」

男は素直に頷いた。どうも二十歳をちょっと出たくらいの頃ではないか。

「知り合いからどんな穴でも開けるという商売があると聞きまして、それで猫に鼻輪をつけることを思いついたんですよ」

「なんでえ、そもそもがおいらの商売から出た話だったのかい。それで、猫に鼻輪なんざつけて、どうするつもりだったんでえ」

「おちょんを外に誘い出して、鼻輪を調べるつもりでした。あのデブ猫は、卑しい猫で、塀の外からまたたびの匂いを流すと、すぐに吹っ飛んできましたからね」

「なるほど……」

やはり、あのとき持っていたのはまたたびの枝だったらしい。

「要するに、猫を運び屋にして金の輪っかを外に持ち出そうという魂胆だったわけだな」

「はい。あの姫とは昔からの知り合いでしたので、あそこの侍女に渡りをつけて、それからは手紙で説き伏せました。ちょうど、あの家の当主が中風の発作で倒れたりして、姫も気弱になっているところでしたから……」

「それをすれば、父上のやまいも癒えるとかなんとか書いたんだな」

「ええ……」

ただ、問題はなぜ鼻輪を調べる必要があったかだが、それについては佐平次にぴんとくるものがあった。

「おめえさん。もしかして、あの慶長観音像が純金でできているのかどうかを？」

若者は一瞬、目を見張ったが、

「はい……あの家に先祖代々つたえられてきた慶長観音像を以前、拝ませてもらったことがあったのです。あの家の方に頼んで、直接、たしかめさせてもらえばいいことなのですが、いろいろ事情があって、あの家には出入りできなくなってましてね」

「ふうむ……」

話から察しても、どうやらこの男は、睨んだとおり武家の者だったらしい。佐平次はまともに訊いてみた。

「おめえさん、町人を装ってはいるが、本当は武家の者だね」

「えっ、お見通しでしたか……」

男は叱られたように肩をすぼめ、

「わたしは遠山金四郎と申しまして、ご推察のとおり、武家の者です。ただ、別に町人を装っているつもりじゃなく、迷えるままに市中をさすらっているうち、自然と武家の世界から、はぐれちまいまして……」

言いながら、ため息をついてみたり、額のあたりをごしごしこすったりする。いろいろ迷いごとがあるのは嘘ではないらしい。

「迷いだって？」

「はい。煩悩《ぼんのう》といいますか、疑念といいますか……。つまり、人はなんのためにこの世に生まれてきたのか。人は死ぬとどこにいくのか。どんなふうに生きたら心は充《み》たされるのか。生きるべきか、死ぬべきか！　あるいは、この世に正義はあるのか。はたまた、そも正義とは、悪とは……」

金四郎は両腕を天井に向けたり、親指と中指で額をはさんだりしながら、深刻そうな顔で語りつづける。放っておくと止まらなくなりそうだった。

「まあ、そのへんでけっこうだ。それにしても、てえへんな迷いごとを抱えちまったもんだなあ」

苦笑するが、佐平次にも覚えがないことではない。若い者はとかくそうしたことを大層に考えたがるものである。佐平次が若い頃に佐渡の金山の仕事に志願したのも、そうした若き日の悩みも多少はかかわっていたように思える。ただ、自分のいる世界を捨ててまで、迷いの道に入るというのはやはり尋常な悩み方ではないだろう……。

「それで、あの観音像が本物の金だったら、いったいどうするつもりだったんでえ？」

「あそこの姫を説得して、寄進させるつもりでした」

「寄進？」

「はい。いま、この遠山金四郎がこの世で信じられるただ一人のお方、比火利《ひかり》教の教祖さまに……」

教団の名前らしきものを口にしたとき、遠山金四郎の目が凍りついたように固まってしまったのを見て、佐平次は背筋が冷たくなった。それはまぎれもなく狂信者の目だった。


「あの兄さんも、まずいものにひっかかったもんだねえ」

金四郎が出ていくとすぐ、それまで畳の部屋の隅で佐平次たちに背を向けて裁縫の真似《まね》ごとなどしていたお巳よがそう言った。

「まずいものって比火利教かい」

「そうだよ、あれはふざけたインチキ神さまで、あたしのヘビを御神籤《おみくじ》を運ぶ神の使いにしてるんだよ」

「じゃあ、最近見つかったいい金づるってのは……」

「あの、比火利教のことさ」

お巳よの話では、信者の重要な悩みに対して神のお告げがもたらされるのだが、その御神籤をヘビがくわえて、信者のところまで這《は》い寄っていくのだという。むろん、そのヘビは陰でお巳よがあやつっており、しかも御神籤を適当に選ぶのもお巳よがしていることだというのだ。

「そりゃあ、いい加減なお告げだなあ」

佐平次は呆れたが、御神籤などどれも似たりよったりなのかも知れない。

「ひどいのはそればかりじゃないよ。教祖ってえのが年増の淫乱女なんだ。あのお兄さんも大事なところをこねこねされて、とろかされちまったにちがいないよ。しかも、教祖が好きなのは男だけでなく、きらきら光るものも大好きってわけさ」

「だが、お巳よさんも手伝いをしてるんだから、そんなに悪く言えたもんじゃねえだろ」

「そりゃそうだが、あの女のやり口があんまり女の色香を利用してて、見てると反吐《へど》が出そうになっちまうのさ」

「女の色香ねえ……」

お巳よにだってそういうところは多分にあると思うのだが、どうもそれは意図してやっていることではないらしい。

「あの女はあんまり善男善女を馬鹿にしてるんで、そのうちギャフンと言わせたいとは思っていたのさ」

「そうだったのかい……」

「穴屋のお兄さん、さっきの話だと、いくらか取りっぱぐれたんだろ」

「ああ、たった三両だがね」

「それじゃあ、あの比火利教の女狐からふんだくってやればいい。御布施やら寄進やらであの教祖はしこたま溜め込んでいやがるんだから」

「よし、そうしてやろうか。ここは一丁、人助けもかねて……」

こうして穴屋佐平次とヘビ屋のお巳よは、うさん臭い比火利教の教祖を陥れるための算段をはじめたのだが……。

四

「そうか、遠山金四郎さまが姫の後ろにおられたのか……」

佐平次が告げたことで、早瀬家の用人渡辺忠右衛門は、これまでの疑問がすべて氷解したようだった。

用人が語ってくれたところでは、遠山金四郎と早瀬家の姫君とは幼い頃に許嫁《いいなずけ》同士と言い交わしてあったという。金四郎には兄もあり、姫君がひとりしかいない早瀬家に養子に入る約束だったらしい。ところが、十七、八歳あたりから金四郎のようすがおかしくなった。すなわち、佐平次たちが見たような悩める若者としての様相が極端になってきたのである。

「流行《はや》りやまいみたいなもので、そのうちよくなるだろうと、だいぶ気長に待ってはいたのだ。だが、やがて市中をふらふら彷徨《さまよ》い出したばかりか、なにやらさまざまな怪しい宗教まで渡り歩くようになったというので、昨年、ついに養子縁組を解消させてもらったのだ。そうした心労も重なり、暮れには当家の主《あるじ》も卒中で倒れてしまわれてな……」

用人は、金四郎を決して嫌ってはいなかったらしく、痛恨の口調で語った。

「それで姫さまのお気持ちは？」

「うむ。姫さまもご自分のお立場はわかっておいでだから、新しい養子を迎えることは納得なさった。祝言も来月におこなわれることが決まったのじゃ。だが、なにせ幼い頃から金四郎さまといっしょになるものだと思い込まれておったからな、あの方になにか頼まれたりすれば、愛しさと後ろめたさとで断ることはできまいな……」

「それが娘心でしょうねえ」

佐平次も姫の気持ちを慮《おもんぱか》り、なんだか辛《つら》い気持ちになってしまった。

「それで渡辺さま、このまま金四郎さまを邪教の餌食《えじき》にしておくわけにはいきませんでしょう」

「それはそうだな」

「あのようすでは、うっちゃっておけば、またぞろなにか、仕掛けてくるのはまちがいありません」

「弱ったものだ……」

「そこで、金四郎さまの目を覚ましてあげたいのですが、ついてはあの慶長観音像を利用させていただくわけにはいきませんか？」

「なに、あの観音像を……」

「まずいですか」

「うむ。そういうことであれば、かまわぬのだが、あれは……」

「メッキでございましょう」

「ううっ」

渡辺忠右衛門は顔をしかめた。

「ただし、あの輪っかのところだけが純金」

「お、おぬし、な、なぜ、それを」

用人は探るような目で佐平次を見た。

「音ですよ。渡辺さま、あっしは以前、佐渡の金山におりましてね。いちおう、金というのはこの目でもたっぷり拝んできたし、その音も聞いてまいりました。このあいだ、姫さまが突っ伏しなさったとき、簪《かんざし》があの観音像のところに当たりましてね」

「あのときか……」

「ご本体に当たったときはちがったが、輪っかに当たったときはまぎれもない純金の音がしましてね」

「ほう、音でのう……」

「穴屋はときに、音を頼りに仕事を進めなくちゃならねえこともありましてね」

「たいしたものよのう」

用人はひとしきり感心し、それから席をはずして観音像を持ってきた。念のために部屋にあった火箸《ひばし》の先で軽く叩《たた》いてみると、やはりあのとき聞き取った音色はまちがいなかった。

なんでも、この観音像、見つかったのが慶長年間のことだそうで、そのときはすべて純金製だったという。だが、以来、早瀬家が経済的に苦しくなるたびにその純金の部分を何度か売り、かわりにメッキでとりつくろって今日まで伝わってきたのだそうだ。

「したがって、いまはメッキとはいえ、早瀬家代々を救ってこられたありがたい観音さまじゃ。あだやおろそかにはできまい」

「よくわかりました、渡辺さま。では、この輪っかのところをつかって、観音さまには早瀬家のためにもう一働き、していただこうじゃありませんか」

「うむ、よくわかった」

頷いた用人に、佐平次はもうひとつだけ頼みがあると言って、

「ついては、こちらの姫さまにもご協力をお願いしたいのですが……」


お巳よは「年増の淫乱女」となじっていたが、その教祖を目《ま》のあたりにすると、佐平次はとてもそんなひどい言葉を思いつくことはできなかった。ずっと夢に見てきた優しい姉――それが実際に見る比火利教の教祖の姿だった。

しかし、その「優しい姉」は、佐平次がまっすぐ立っているのも困難になってしまうほど、強烈な色香を発散しているのだった。

清楚と淫蕩がそっぽを向かずに同居しているのを、佐平次ははじめて見たような気がした。

女教祖は白い襦袢《じゅばん》のような薄手の着物を一枚まとって、祭壇の前にいた。ついさっ

きまで、なにか激しい動きをともなう祈禱のようなことをしていたのか、白い着物は汗で濡《ぬ》れ、肌にぴったりはりついている。だから、身体《からだ》の線はすっかりあらわになって、豊かな乳房も、盛り上がった尻もはっきりと見て取れた。

「教祖さま……」

金四郎が教祖に声をかけた。声音には尊敬だけではなく、甘えの気配も混じっている。

「どうなされた、金四郎さん」

「この前、ちょっとお話しした、わたしの知り合いの家にある純金の観音像のことなのですが……」

「ああ、あれですね、はい」

教祖の大きくて切れ長の目が、ふいに強い光を帯びた。

「じつは、ここにお連れした佐平次さんの協力で、入手できそうになりましたので」

「ほう、それは、それは……」

佐平次は、金四郎にうながされて、これまでの経過――むろん、それはお巳よとともに企《たくら》んだつくり話であるのだが――を語った。

佐平次は再度、「やはり、猫に鼻輪をつけてくれ」と早瀬家の姫から呼び出された。

だが、すでに金四郎から話を聞いていたので、それを姫に告げてしまった。すると、姫は、「金四郎さまがそこまで信じておられるような立派な神さまなら、喜んで寄進したい」と言い出した——ことにしたのである。

「それはよいことをなさいましたな」

教祖はこちらの心をとろかすような笑みを浮かべて、静かににじり寄ってきた。吐く息が佐平次の首のあたりにかかり、すぐ目の下にはかたちもあらわな豊かな乳房が見えている。それは反るように上向き加減で、先には乳首がぷっくりと突き出ている。しかも、教祖はその乳首の先をわざと佐平次の二の腕あたりに押しつけるようにしてくるのだ。

「と、ところが、ひとつ厄介《やっかい》なことがありましてね……」

佐平次はあまりの色香に鼓動をときめかせながら言った。

「それはなあに？」

「その観音像の隠し場所なのですが、どうも屋敷の裏手の物置部屋に置いてあって、そこにはなにやら仕掛けがほどこしてあるんだそうで」

「仕掛け……？」

教祖はますます佐平次に肌を密着させてきていた。佐平次の手を取り、それを自分の下腹あたりに導くではないか……。

「へ、へえ。なんでも、そこには三つの同じような箱が置いてあって、残りのふたつには同じ重さの石が入れてあるんだそうです。それで、その屋敷の用人は気分次第で本物をどこに置くかわからないのだそうです」

「そうなの……」

導かれた佐平次の手は、教祖自身の導きで白い着物の裾《すそ》を割った。しっとりした内股《うちもも》の肌が佐平次の手先にからみついてくる。

「そして、もしもまちがえて取ると、なにかの仕掛けが働いて、とんでもないことが起きるのだそうで……」

「おや、まあ」

教祖の手が止まった。佐平次は、内心、もう少しゆっくり話を進めればよかったと後悔した。

「だが、神通力にすぐれた人ならば、これは簡単に見破ることができるのだそうです」

「なに、神通力とな……」

「はい。ですから、教祖さまにはわけもないことでございましょう。ぜひ、あの観音像をこちらの社殿におかれますよう」

　佐平次がそう言うと、教祖の美しい顔が欲と不安とで激しく明滅し出したようだった。

「その観音像はそれほどのものなのか？」

「それはもう。これくらいの大きさの純金ですから、いったいどれほどの値打ちがあるものなのか……おそらく二百両や三百両はくだりますまい」

「に、二百や三百……」

　教祖の目はすでに純金の輝きを映したようになっている。だが、やはり得体の知れない仕掛けというのが脳裏をかすめてしまうらしい。

「ううん、考えておくぞ」

「はい、わかりましたっ」

　金四郎が佐平次に、もういいというように目配せした。

　金四郎とともに佐平次も後じさりして引き下がろうとした。ところが――。

「あ、あれは……！」

　佐平次の顔が凍りついたようになった。佐平次の視線の先に――床の上を荒縄のようなものが近づいてきていたのだ。それはヘビであった。しかも、そのヘビは硬直している佐平次の膝から這い上がり、するすると懐へもぐりこんだのである。

「な、なんですか、これは……」

佐平次は震えるような声で、やはり驚いている教祖に訊いた。

そのとき、社殿の裏から、女が飛び込んできた。

「教祖さま、こっちにヘビは逃げてきませんでしたか？」

お巳よだった。同じ長屋に住む者同士だというのは、金四郎にも教祖にも知られてはいない。

「いま、この男の懐へ……」

「おまえさん、まさか……」

お巳よは、なにやら思わせぶりな言葉を吐いた。

佐平次の懐にもぐっていたヘビが顔を出した。なんと、ヘビの頭には金の輪っかがはさまっている。

「だめじゃないか、こら」

お巳よはそう言って、ヘビから輪っかをはずし、佐平次に戻してよこした。

「どういうことなの？」

教祖がお巳よに訊いた。

「いえ、じつは……」

お巳よが教祖に耳打ちをした。

「へえ、そんなヘビがいるのかい」

それから教祖はなにやら遠い目を宙に彷徨わせていたが、しばらく息を整え、さも、風邪封じのかんたんな祈禱でも引き受けるような調子で、

「金四郎さん、さっきの話、引き受けましたよ。明日の晩にでも、その屋敷へうかがいましょう」

艶然と笑みを浮かべてそう言ったのであった……。


刻限は宵の五つ（およそ八時）を過ぎたころだった。武家の屋敷が並ぶこのあたりは、すでに静まり返っている。ただ、風が強く、この分では満開の桜もいっせいに散りはじめるだろうと思われた。

佐平次は金四郎と比火利教の教祖とともに早瀬家の裏門を叩き、屋敷内へと入った。三人を迎えたのは、すでに打ち合わせておいたとおりに、ここの姫君であった。

「金四郎さま、お久しぶりでございます」

「このたびはいろいろ厄介をかけたな」

金四郎はすまなそうに言った。どうも、狂信的なところと、地の素直な若者のところとはまだら模様のように入り交じっているらしい。

金四郎と姫が言葉をかわしあっているのを横目で見た教祖が、

「さあ、早く用件をすませてしまいますよ」

と急《せ》かした。

「はい、ただいま……」

姫が手燭《てしょく》を持って奥へと案内する。

「ここです。忠右衛門が観音像を隠しておくところは……」

小さな物置のような部屋に入った。

「なるほど……」

正面に棚があり、そこにはこの前、佐平次が見たのと同じくらいの箱が三つ、並べられてあった。

「このうちのどれかがそうらしいのです。神通力があるなら、透かし見ることができるそうですが、失敗したら、なにかよからぬことが起きるのだそうです」

「心配いりませぬぞ、姫さま。このわたしの神通力をもってすれば、このような箱などすぐに見透かしてしまいます。ただ……」

「なんでしょうか」

「人がいるとやりにくい。そなたたちは、外で待っていてくだされ」

「わかりました」

頷いたあと、姫君がなんとも言えずに嬉《うれ》しそうな顔をしたのを佐平次は見逃さなかった。

教祖はそそくさと戸を閉めた。

佐平次は中の行動を容易に想像することができた。教祖はすぐに手提げ袋に隠し持ってきたヘビを取り出し、棚のところに置いたにちがいない。

そのヘビは、お巳よから十両もの大金をふっかけられて借りてきたものである。佐渡に棲息《せいそく》するヘビで、金のありかを匂いで嗅《か》ぎわけることができるという触れ込みだった。怪しまれるのを警戒して、ここにはついてこなかったお巳よだが、

「そこらにいくらでもいるヤマカガシが十両だよ、穴屋さんには三両をあげるからさ」

と大喜びしていた。

その借り賃十両のヤマカガシは、すぐに真ん中の箱ににじり寄ったはずである。それもそのはず、佐平次の手でヘビの好きなネズミの匂いがたっぷり塗られてあるのだ

から。

「よし、わかったぞよ」

時を待たずに、教祖の声がした。

「わかりましたか！」

嬉しそうに声をあげて、戸を押しあけたのは金四郎だった。佐平次と姫は逆に、あわてて一、二歩後ろにさがった。

「こんなものは簡単にお見通しじゃ」

「さすがに教祖さま！　やはり教祖さまの神通力は本物だ！」

金四郎が嬉しそうな声をあげる。

「では、姫さま。慶長観音像とやらはいただいて帰りますよ」

教祖はそう言って、真ん中の箱を取り上げた。その拍子に、なにやら仕掛けがしてあったらしく、箱についていたヒモがひょいと引っ張られた。それと同時に、教祖の姿が消えていた。

床には丸い穴があけられ、巧妙なふたがかぶせてあった。佐平次十八番《おはこ》の落とし穴である。仕掛けも意図したとおりに作動したようだった。

「……？」

金四郎が呆気《あっけ》に取られていた。

「うっぷ、うっぷ、た、助けてくれ」

悲痛な声が金四郎の足元から浮かびあがっていた。声といっしょに、なにやら耐え切れぬほどの悪臭があたりにたちこめた。

「な、なんだ、これは……」

金四郎がつぶやくと、背中から佐平次が叫んだ。

「教祖は失敗したんだ。もともと神通力などなかったんだよ」

「そんな馬鹿な……」

「それが証拠に、教祖はほれ、肥瓶《こえがめ》の中に落ちてしまったじゃないか」

金四郎が目をこすってもう一度、よく見ると、たしかに教祖は汚物がたっぷり入った肥瓶の中に胸のあたりまで浸《つ》かって、喚き散らしているではないか。強烈な臭《にお》いさえなければ、みそ汁の中にカエルが落ちたようにも見える。

「は、早く、助けてくれ！」

その情けない様子は、とても霊験あらたかな神に仕える教祖の威厳など窺《うかが》えるものではなかった。

「おい、教祖。助けてやるから、白状するこった。おまえの神託とやらは、すべてでたらめだな」

「でたらめですよ、あんなものは。教えも占いも全部、でっちあげたもので。それより早く、ここから引き上げてくださいな」

佐平次はできるだけ近づかないようにして棒の先を教祖につかませ、

「ほれ、これを摑《つか》んで這い上がりな。それから、後ろに戸があるから、そこから外に出ていくんだな」

教祖はほうほうの態《てい》で肥瓶から這い出ると、

「うえっ、おえっ、ああ、もう思わず飲み込んでしまって気持ちが悪いよお」

泣きながら駆け出していくのだった。

佐平次とともに帰ろうとしていた金四郎をこの家の姫が呼び止めた。

「金四郎さま。わらわは家のためにこのほど婿どのを取ることになりましたが、あなたのことは決して忘れませんよ」

すでに頰を大粒の涙がつたっていた。だが、この前、猫が可哀相だというので流した涙とは、明らかにちがうものがあった。それは大人の女の匂いというようなものだった。

「わたしだって、忘れませんよ。あなたのことは……さくら……姫」

この姫の名はさくらだったのか。佐平次は門の外に立ち、振り返って二人の話を微笑《ほほえ》ましげに聞いていた。

おりしも、散りはじめていた桜の花びらが、ふいに巻き起こった強い風にあおられて、金四郎と姫のまわりを乱舞しだした。月明かりの下の桜吹雪は、まるで夢幻の宴《うたげ》のようなあでやかさだった。

「本当に……」

「忘れるもんか。あんな馬鹿馬鹿しい教えから解放された日なのだから。ここ数年、藁《わら》にもすがるような日々だったんだ」

「お可哀相な金四郎さま」

「だが、さくらどの、これはわたしが大きく成長するために歩まなければならない道なのでしょう。次にわたしは、無頼と放蕩の道へと踏み入っていくような気がする。この桜吹雪の華麗な夜は、そういう門出の祝いなのかも知れませんよ」

「無頼と放蕩……」

「そう。だから、今宵《こよい》のことを忘れないためにも、わたしはきっとこの光景をなにかに刻みつけることにする」

「この光景を刻む？　それってどういうことなのですか、金四郎さま」

金四郎は鬢《びん》のあたりを掻いた。

「ううっ、わからねえ。だが、桜の花吹雪が舞うこの光景を、忘れないためのなにかを……」

どんな無頼や放蕩に迷いこんだとしても、遠山金四郎はきっとさらに逞《たくま》しくなって戻ってくることができるだろう……佐平次はこの若者の持つ純粋さと強さが信じられると思った。

ただ、同時にこの若者が、後で後悔するようなことをついしでかしてしまいそうな危なっかしさを感じさせるのも事実だった。それはたとえば、臥煙《がえん》も驚くような背中一面の彫物を刻みつける……というような突飛なおこないであったりするのではないだろうか。

佐平次の心配をよそに、若い二人はもしかしたら最後になるかも知れない別れのときをむさぼり尽くすように、互いの瞳の中を見つめつづけているのだった。

第三話　大奥のぞき穴

雨の季節によく似合う笛の音だった。細く嫋々《じょうじょう》とした響きが、湿りけを帯びて切なさを増し、聞く者の胸に染みとおった。

笛の音は数年来、深川の海辺大工町の風流を好む町人たちのあいだで、夜の楽しみとなっていた。

吹き手もわかっていた。霊巌寺の裏に屋敷を構える岡部金三郎という旗本の息女が吹いていたのだ。

楚々《そそ》とした風情《ふぜい》の美人という評判であった。その美貌の噂《うわさ》もあって、老いも若きも屋敷の生け垣の向こうから低く流れてくる笛の音に、うっとりと聞き惚《ほ》れたのだった。

その笛の音が、梅雨も明けやらぬうちにぴたりと途絶えた。ある夜を境に、もう二度と聞かれなくなってしまった。

どうも、ご息女が千代田の城に召されたらしい……そんな噂も聞こえてきた。

だとすれば、さほど裕福には見えない岡部家にとって、さぞかしおめでたいことだったのだろう。

ところが、笛の音を解する風流子たちは、吹き手の幸せというものをどうしても思い浮かべることはできなかった。

「いまから思えば最後の夜の、あの音色の哀切さといったら、わたしは胸をかきむしられるようでした」

そう言い切る者すらいた。

しばらくして、息女にはすでに婚姻の約束をかわした相手もあったという話もつたわってきた。幼なじみでもあったその相手は、落胆のあまり自害して果てたと、これは定かではない噂だった。

といって、城に召された娘の悲しみを慮《おもんぱか》ったところで、町人たちにはどうすることもできない。町の風流子たちは、消えた音色を懐かしみ、失われた楽しみがいかに清雅なものだったかを思い返すばかりだった……。

一

依頼人は、佐平次《さへいじ》の長屋の板の間に腰をかけ、路地に降る雨を眺めている。本所緑町にあるこの長兵衛長屋の路地は植木鉢や盆栽で埋めつくされ、ちょっとした庭園の中に入りこんだように錯覚するほどだった。その植木や盆栽の緑が雨に濡《ぬ》れてあざやかである。

軒先にかけられた〈穴屋〉の看板も、湿気を含んで重たげに見える。

外にはこの依頼人に付き添ってきた小僧が傘をさして立っている。主人の用が終わるまでそうしているつもりらしい。

だが、この依頼人はゆったりした性格らしく、すぐに依頼の中身を明らかにしようとはしない。すでに名乗ってはいる。

「日本橋本町一丁目にある薬種問屋の上総屋《かずさや》惣兵衛《そうべえ》といいましてな」

にこやかにそう言った。

上総屋と言えば大店《おおだな》である。通りに面した店構えは、佐平次もすぐに思い浮かべることができた。

「じつは、そろそろ隠居をしようかと思っておりましてな。早いと言ってくれる人もいるのですが、わたしももう五十半ばになりましたし」

恰幅《かっぷく》のよさは歳《とし》相応に見えるが、肌の色艶《いろつや》などはまだまだ若々しい。といって、他人の決心に佐平次が口をはさむ筋合いもなく、

「はあ」

と頷《うなず》くばかりである。

「頼りない息子だが、身上《しんしょう》をゆずられることで自覚も生まれてくるでしょうし」

「ええ、ええ」

「それで、わたしは好きなことだけをして、余生を送ろうと思いましてな。その好きなことというのは、これでございます」

持っていた錦の袋の口を開けた。中には細長い桐の箱が二つ入っていて、古びたほうの箱から笛を取り出した。

「ほう、篠笛ですかい」

どうやら、ようやっと依頼の話になったらしい。

「若い頃に京都で聞いたこの音色に魅せられましてな、そのうち自分でも吹くようになりました」

上総屋惣兵衛は、笛を持って軽く吹いてみせた。

ひゅるり、ひゅうるり、と心地よい風のような音階が走り去っていく。

「てえした腕前ですな」

お世辞ではない。

「それで、穴屋さんへの依頼も、この笛の穴に関することでしてね」

「お安い御用ですぜ」

佐平次はこともなげである。

だが、上総屋惣兵衛は首を横に振り、笑顔を浮かべながら、

「いや、そうたやすくはありませんよ」

と、諭すように言った。

「王陽山という笛づくりの名人がおりましてな」

「王陽山……」

佐平次は思い当たらない。

「いや、おそらく名前は知らないはず。なにせ、恐ろしく頑固な職人で、生涯に残した作品も十本に満たないほどです」

「それじゃあ……」

知っているはずはないだろう。

「わたしは、ここ五年ほどその陽山先生のところに通いつめて、なんとか一本、つくってくれるよう頼みつづけてきたが、気にいった素材がないというのでつくってもらえなかった。ところが、その陽山先生がじつにひさしぶりに、心を動かされる素材を入手したのです。それが、これでした」

上総屋はそう言って、もうひとつの桐箱から一尺をちょっと越す長さの篠竹を取り出した。

「ほう、これは……」

佐平次が呻《うめ》いた。

「やはり、おわかりになりますか」

と上総屋は感心し、

「笛に使う篠竹というのは、農家の天井で囲炉裏の煙に燻《いぶ》されつづけた煤竹《すすだけ》がいいのだそうですな」

「ええ。それに縄目がついてますでしょう。天井を組むときに縛った縄のあとなんですが、数百年ほど燻されると、そのような味わい深いものになります。だが、煤竹ならいいってもんじゃありませんぜ」

と、佐平次は篠笛の講釈をはじめた。もともとうんちく話を好む性癖がある。

「そうらしいですな」

「まず、笛にする竹はあったけえところで取れる竹がいい。このあたりだったら、房州あたりで取れたものが最良でしょう」

「ああ。それも、房州の古い農家から取り出したそうですよ」

「しかも、その竹は一年ものでは音色が柔らかすぎるし、五年を越えると、今度は硬すぎる。笛にもっとも適したのは三年ものの竹なんでさあ。ところが、天井の篠竹なんざ、別に笛をつくるのが目的で組んだわけじゃねえんで、こうした条件に適《かな》った篠竹はよほどのことがなきゃ見つからない。太さといい、真っ直ぐなことといい、たしかに、この竹は逸材ですぜ……」

「陽山先生もそう言っておられた。そこでようやく、わたしのために一本つくってくれることになったその矢先でした……」

「亡くなられたんで？」

「歌口をあけたところで、卒中に襲われ、そのままあの世にいってしまわれた」

上総屋惣兵衛が手にした竹には、大きめの穴がひとつだけあいている。歌口といって、息を吹き込んで音を出すところである。だが、さまざまな音階を出すためには、指でふさぐための穴があと七つあいてなければならない。

篠笛の内側には漆《うるし》が塗られる。漆は虫食いを防ぐのと、乾燥で割れるのを防ぐ役割があるだけでなく、これを塗ることで音が柔らかくなるのだ。

ふつうは穴を全部あけたあとで漆を塗るのだが、この竹はすでに漆が塗られてある。これが作者独特の手順なのだろう。見事な塗りがほどこされてあった。

「あと一息だったのですね」

「ええ、翌日までには仕上がっていると言われて、楽しみに陽山先生のお宅を後にしました。あの夜はひどく冷えましてね。陽山先生は炭代も倹約するほどつましい暮らしでしたから、家の中もずいぶん寒かったことでしょう。あのとき、なぜ気をきかして、火鉢と炭をたっぷり用意してあげなかったのか、そうすれば卒中で亡くなることもなかったのではないかと……」

上総屋は悔しそうに言った。

「そいつは違いますぜ」

「なにがだい」

「陽山先生とおっしゃる方が、そんな寒い夜に炭をがんがん焚《た》いて家を暖めるなんてことをするわけがねえ。竹は微妙なもんだ。仕事に狂いが生じる。あっしだって、そういうときは寒さをこらえて仕事をします。陽山先生はそういう運命だったんでしょう」

　佐平次がそう言うと、上総屋は何度か首を縦に振った。納得したらしい。

「さて、陽山先生がこれを残したまま亡くなってしまうと、わたしはこのつづきをやれる職人などいるわけがないと思った。じつは、これまで陽山先生がこしらえた笛は、とある好事家《こうずか》の手によってすべて集められてしまったのだが、ただ一本だけ、まだこの江戸の町に残っていることがわかった。わたしはそれを何としても入手しようとやっきになったのですが、一足違いでした……」

「その好事家に？」

「はい。持っていかれた後でした」

「惜しかったですねえ……」

「もう諦《あきら》めようと思ったときでした。穴屋さん、あなたの噂を聞いたのは……」

「そいつはどうも」

「虚無僧《こむそう》が吹く尺八の音色を聞いて、その尺八の以前の持ち主を言い当てた人がいるという。しかもその人は、穴屋という商売を営んでいて、どんな穴でもあけられるのだというじゃありませんか」

「ええ。その噂、間違いありませんぜ」

佐平次は不敵にも見える笑みを浮かべた。

「陽山先生がやり残したこの仕事、見事に完成させることはできるのですか」

「おそらく」

「おそらくというと」

「笛の穴というのはきわめて微妙なものでしてね。つくり手によっては、穴の位置や大きさも違ってくるもので」

「わかっていますとも」

「だが、その陽山先生がつくった笛を見せてもらえさえすれば、なんということはありません」

「ところが、それが難しい」

「見せてもらうだけでいいんですぜ」

「その好事家というのは、いま千代田のお城にいる大奥のお年寄」

「げっ、大奥の年寄……」

年寄と言っても実際に老年であるわけではない。数千人とも言われる大奥の女たちの実質上の支配者が年寄である。

「そのお方が若い頃から笛を収集していて、陽山先生の作もほとんど手に入れてしまったのです。ただひとつ、奇蹟的に残っていた笛は深川に住む旗本が所持していたのだが、つい半月ほど前、そこの娘とともに大奥に召された」

「大奥ですかい……」

「娘に毎夜、笛を吹かせているとのことですが、いずれ我が物にしようという魂胆なのでしょう。そういうわけで、もはや見ることすらかないません」

「見るのが駄目なら、音色を聞くだけでもたぶんできるのだが」

「なんと。音色を聞くだけで……！」

　上総屋惣兵衛は信じられないというように佐平次を見つめた。だが、佐平次にハッタリの気配はない。

もともと佐平次の耳はよかった。それが佐渡の金山にいたときにさらに鍛えられた。坑道の中では、かすかな音に耳を傾けることが、そのまま死からの逃避につながる。岩や土に響く音で出水や落盤を予想しなければならない。また、鉱脈を見極めるのにも、音が頼りになることは多い。

　そうやって、坑道の中の音に耳を傾けているうちに、そこで聞こえる水の滴《したた》りや、坑道を流れる風の音に、笛や尺八の音階と同じものがあることに気づいたのだ。

それに気づくと、耳の蓋《ふた》が取れたようにあとはこの世に氾濫《はんらん》するあらゆる音が、すべて音階を持っていることに気がついていった。

加えて、佐平次はその後、あらゆる穴をあける修業を始めたのだが、そのひとつに笛や尺八の穴もあった。佐平次の技をもってすれば、竹に穴をあけるのはきわめてたやすい。しかも穴をあけながら、遊びがてらに吹く技術まで習得してしまった。このため、楽器が奏でる音階というのも、自然に区別することができるようになったのである。

「だが、場所が場所だけに、難しい依頼ですねえ。笛の穴をあけるのは難しくはねえが、音もわからねえんじゃ……」

「得意の地下道を掘るってわけには？」

「…………」

佐平次は苦笑いしながら首を横に振る。不可能ではないが、千代田のお城の真ん中まで達する穴を掘るには、何年かかるかわからないだろう。

だが、佐平次はなんとしてもこの仕事をやってみたかった。

——これほどの素材はちょっとお目にかかれねえ。おそらく百年に一本、出るか出ないかという逸材……。

「上総屋さん、ちょっと手立てを考えさせてくれませんか。できそうだったら、こっちから連絡させてもらいます」

「わかりました。期待してますよ。成功した暁には、謝礼もたんまりはずませてもらいますし」

金だけではない。佐平次の穴屋魂が、どうしてもこの仕事を諦めたくはなかった。

二

上総屋惣兵衛が奇妙な依頼を持ってきたその翌日——。

佐平次はまだ降りつづいている雨を眺めながら、昨日からずっと、王陽山の笛の音色を聞くための手立てを考えている。

なにせ将軍さまがいる千代田城のド真ん中である。ちょっとやそっとじゃ入りこむことはできない。

よしんば入りこめたとしても、笛の音を聞いて戻ってこなくちゃならない。行きはどうにかなっても、帰りが怖い……。

ふと、目の前に洒落《しゃれ》た蛇の目傘が現れた。

「穴屋のお兄さん、ぼんやりしちまってどうしたんだい」

この長屋に住むヘビ屋のお巳《み》よだった。生きたヘビから乾燥したヘビまで、あらゆるヘビを扱っている娘である。器量も気立てもいいのだが、どことなくなにやらの化身のような雰囲気もあった。

ただし、怪しいと言ったらお巳よばかりではない。この長屋は夜になると動き出す怪しい連中が多いというので、別名「夜鳴長屋」とも言われている。

「おう、お巳よさんかい。じつはちょっと難しい仕事が入っちまってさ。どうやったらいいか、悩んでるところだよ」

「おや、穴屋さんでも悩むことなんてあるのかね」

「なにせ場所が場所だけにねえ」

佐平次は顔をしかめた。

「そんなに困ってるなら相談に乗るよ」

「いやあ、お巳よさんでもこいつばかりは」

「言ってみなきゃわからないよ」

他の者なら決して打ち明けたりはしないのだが、お巳よとは何度か仕事を共にして、共犯者めいた気持ちがある。つい打ち明けてしまった。

「大奥にもぐりこむ手立てねえ」

「そう。これぱっかりは無理だよなあ」

「大奥ねえ……。あれ、なんか近頃、そんな話を聞いたような気がするよ」

とお巳よが首をかしげた。

「話だって？」

「そうだ、お面屋さんが言ってたんだっけ」

「お面屋が？」

お面屋というのは、この夜鳴長屋の住人で、依頼された人間にそっくりの木彫りの面をつくるという男である。

五十半ばほどの小柄な男で、ひどく愛想がいい。植木や盆栽が好きで、この長屋の路地が緑にあふれているのも、お面屋の手入れのおかげなのである。

お巳よは佐平次を促し、真向かいの家に声をかけた。

「お面屋さん。ちょいと話があるんだがね」

「なんだな、お巳よちゃん。ヘビの蒲焼《かばやき》でもごちそうしてくれるってかい」

「馬鹿言っちゃいけないよ。ちょいと訊《き》きたいことがあるのさ」

お巳よは祖父に甘えるように言った。

「なんでえ」

「このあいだ、なんでも大奥にかかわるような依頼があったとか言ってたよね」

お面屋は佐平次をちらりと見て、

「ああ、あれかい。だが、客の秘密は洩《も》らせねえよ」

と、そっぽを向いた。

「おや、お面屋さん、冷たいねえ。なんだったら、この前の夜、あたしの部屋に夜這《よば》ってきたことを、大家にでも番屋にでも訴え出てもいいんだがね」

枯れたような顔をして、とんでもないジジイである。

「あわわわ、お巳よちゃん……」

お面屋は慌てふためき、

「わかった、教えるよ。なあに、馬鹿な戯作者《げさくしゃ》が、戯作の参考にするため大奥の中がどうなっているのか見てみたいんで、大奥出入りの呉服屋そっくりのお面をつくってくれねえかという話だったのさ」

「ふーん」

「だが、いくら顔がそっくりでも、黙って突っ立っているわけじゃねえ。大奥のお女中たちの話相手などもしなきゃならねえ。それじゃ、どうしたってバレてしまうってことでやめにしたのさ」

「そりゃそうだわね。馬鹿な戯作者だね」

「だが、このあいだ、バッタリ会ったら、何でも、他にいい方法が見つかったんだと言ってたぜ」

「いい方法がねえ……」

　黙って聞いていた佐平次が、そこで初めて口をはさんだ。

「お面屋さん。その馬鹿な戯作者ってのは誰ですかい？」

「ふん。野郎、名乗りはしなかったが、あっしの知っている男だった。あの坂東三津五郎を気取った面付《つらつ》きは、柳亭種彦《りゅうていたねひこ》にちげえねえや」

　柳亭種彦——。滝沢馬琴《たきざわばきん》や山東京伝《さんとうきょうでん》ほどではないが、いま指折りの人気戯作者である。歌舞伎役者の坂東三津五郎に似ているのを自慢にし、三津五郎に似せた自分の顔を商標のようにしている。数年前に出した合巻の『正本製《しょうほんじたて》』は、好調な売れ行きを示した。だが、種彦が満天下にその名を知られるようになるのは、もう少しあとのことになる。

　柳亭種彦は武士である。本名を高屋彦四郎といって、れっきとした二百俵取りの旗本だが、これといって仕事のない小普請組《こぶしんぐみ》に属していた。

佐平次は以前、のぞき穴をつくってあげたことがある絵師の為一こと葛飾北斎から、種彦の家を教えてもらった。北斎は種彦のいくつかの戯作に絵をつけていたのだ。

下谷御徒町の御先手組屋敷内が高屋家の屋敷だった。

——大奥に忍びこむつもりかとまともに訊いても、教えてくれるわけがねえ……。

それどころか、だいそれた計画を他人に知られたとあっては、慌てて中止してしまうだろう。佐平次はしばらく、この戯作者を見張ってみることにした。

そもそも、大奥に潜入するなんてことは思いつきだけでできることではない。いくら戯作者という連中が能天気な奴らであっても、そこは周到な準備をすることだろう。すでにその準備にも着手しているはずである。

——そのうち計画の尻尾《しっぽ》を見せるはずだ……。

尾行を始めてからわかったのだが、柳亭種彦は妙な男だった。ひどく気弱で、いつもおどおどしているくせに、ちょっとしたことですぐに怒り出すのである。

佐平次が見たのではこんなことがあった。種彦が俯《うつむ》きがちに歩いていて、駕籠《かご》屋にぶつかりそうになった。

種彦は慌てて、

「これはすまぬ」

と謝り、駕籠屋の後ろ姿を見送った。

ところが、その駕籠屋が見えなくなった頃になって、突然、怒り出したのである。

おそらく、びくびくしている自分に腹が立ったのだろうが、今度はたまたま通りかかった別の駕籠屋をいきなり怒鳴りつけたのである。

「天下の往来を偉そうに走るなっ！」

その凄い剣幕に、怒鳴られた駕籠屋のふたりは狂人でも見るように驚いて走り去ったものだ。

北斎から聞いた話では、ひどい癇癪《かんしゃく》持ちの気質を父親も心配し、

「凧にあたま張られて眠る柳かな」

という句で諭したのだという。柳亭の筆名もこれにちなんだそうだ。

種彦はこのとき四十七歳。分別盛りにしては、だいぶ危なっかしい男だった。

種彦がしばしば出かけていくのは、大伝馬町の通りに面した桔梗屋《ききょうや》という呉服屋だった。尾行を始めて四日のうち、三日はここに顔を出している。

手がかりを摑《つか》んだのは、三度目に桔梗屋を探りにいったときだった――。

桔梗屋は店構えはさほど大きくはないのだが、置いてある呉服が京都からの下りものが多いらしく、大奥や大名家にも出入りが多いのだという。

だが、数年前に後を継いだのが戯作者志望の馬鹿息子ということで、種彦が現れれば下へも置かないもてなしぶりだった。

——なるほど、お面屋に頼もうとしたのはこの馬鹿息子のツラだったかい……。

お多福を男にしたような下ぶくれの若主人の顔を横目で眺めながら、佐平次は種彦の大胆で突飛な計画を愉快に思った。

その桔梗屋の店先に、新しくつくられたばかりらしい大きな長持が置かれている。それを指さしながら、若主人と種彦がにやにや笑っている。

——おいおい、絵島生島をやろうってのかい……。

佐平次は呆れた。だが、種彦たちはすっかり悦に入っているようすである。

絵島生島の事件は、このときから百年以上も前の正徳年間に、大奥の年寄だった絵島と、人気役者の生島新五郎とのあいだに起きた醜聞発覚の騒ぎである。この事件の裏には複雑な権力闘争があったのだが、それはさておき絵島の恋人・生島新五郎は、菓子屋の饅頭《まんじゅう》を入れる蒸籠《せいろ》に身をひそめて、大奥の中に侵入していたのだという。

佐平次は店先にさりげなく近づき、ふたりの話に耳を傾ける。

「じゃあ、柳亭先生、明日の昼七つ（およそ四時）前にはここを出ますから」

「わかった。よろしく頼んだよ」

「先生、これが成功した日には」

「ああ。鶴屋にはすでに話をつけてある。いまは絵師を当たっているところだそうだ」

「ありがとうございますっ」

どうやら、戯作の出版を餌に、若旦那の協力を取り付けたらしい。

——ほんとにやる気かい。さて、どうしたもんだろうなあ……。

佐平次は種彦と顔を合わせないように、桔梗屋からさりげなく踵《きびす》を返した。

それと同時に、店の外へ出てきたのは、お巳よだった。呉服屋だけに佐平次は入りにくく、この日はお巳よにも探りを頼んでいたのだ。

佐平次は他人をよそおってお巳よを見やったが、思わずギョッとなって抱えている風呂敷包みを見た。反物はひとつやふたつではないだろう。

——しまった……。

今回はヘビを使うわけじゃないので、お礼は反物でするぜ——うっかりそう言ってしまったのだ。金よりもはるかに高くつきそうだった。

長屋にもどるとお巳よはすぐ、壁いっぱいに並んだ箱の中のヘビたちに見せびらかすように、買ってきた反物を四本ほど広げ、

「どうやら長持の底が二重になっているらしいよ。それを大奥に持ち込んで、一晩のあいだ置いておき、気に入った反物を選ばせる。そのありさまを底に隠れて眺めるという段取りになってるみたいだ」

店先で反物を選びながら、ふたりの話をちゃんと聞き取ってきたのである。

「なるほどねえ。だが、その手口は絵島生島の事件ですっかりばれちまってるんだがね」

佐平次はうんざりした口調で言った。

「あれ以来、七つ口と呼ばれる大奥の入り口のわきに貫目番所てえのが置かれるようになったのさ。そこにはでっけえ天秤もあって、大きな長持などもこれで目方を計るから、中に人が潜んでいたりしたら、すぐにばれちまうぜ」

「へえ、そうなのかい……」

とお巳よは感心したが、

「穴屋のお兄さん、あんた、なんだって、そんな大奥のことまで知ってるんだい？」

「あ、いや、その……」

佐平次は柄になく、ひどく狼狽《ろうばい》した。

お巳よはそんな佐平次をうさん臭そうに眺めやったが、あまり問いつめてもかわいそうに思ったらしく、

「それはともかく、その柳亭種彦さんはとっつかまっちまうことは確実じゃないか」

「まあ、そういうことだ。そこまで準備しておいて勿体《もったい》ねえ話だが……」

ふと、佐平次の表情がきれいな蝶々でも舞い降りてきたかのように輝いた。

「おっ、その呉服屋の仕掛けを借りて、うまく大奥に入りこめるかも知れねえ。お巳よさんも助けてもらえないかい」

「いいよ。あたしでできることなら。あそこで反物を買い込み過ぎたことだし。代金は仕事が終わってからで結構だよ」

「いったい、いくらしたんでえ……」

お巳よは佐平次が不安そうに訊くのを無視して、

「それで、どんなヘビを使うんだい」

「ヘビはいらねえのさ。お巳よさんの美貌を借りるってとこかな」

佐平次はそう言って、声を低め、お巳よの耳に口を近づけていった……。

三

柳亭種彦はすっかり緊張した足取りで桔梗屋へやってきた。

桔梗屋の若旦那のほうもひきつった顔をしている。通りの前でさりげなく聞き耳を立てていた佐平次にも、

「先生、やっぱりやめましょうよ」

「そうはいかぬ。わたしは今度の合巻には命をかけておるのだ」

といったやりとりが聞こえてきた。

そのうち、二人は店の裏手のほうへいった気配だったが、やがて屈強の男が四人でかつぐ大きな長持が出てきた。

「ほらほら、気をつけておくれよ。底のほうには、大奥への付け届けの壊れ物がたくさん入っていますからね」

桔梗屋の若旦那がそう言った。

外から見ただけでは、底に人が入っているなどとはわからない。空気穴のひとつやふたつは開けてあるのだろうが、不自然な恰好で横になり、息を凝らしている柳亭種

彦を想像すると、佐平次は思わず吹き出してしまう。

長持の出発を見届けると、一行を追い越して、この先にある本町一丁目の上総屋へと飛び込んだ。この仕事を引き受けたことを伝え、協力も依頼してあった。

「いまからいきますので、例のしたくを頼みますぜ」

「わかりました、穴屋さんこそお気をつけになって」

上総屋惣兵衛はいつもと変わらぬ温顔のままそう言った。

「へっ、おまかせを」

佐平次は、店の裏手へと入り込んでいく。

ほどなく一行は上総屋の前にやってきた。大伝馬町から本町は通りつづきになっていて、千代田のお城に入るにはどうしてもここを通らざるを得ない。

桔梗屋の若旦那がさらに緊張を増した足取りで上総屋の前を通りかかったとき、

「あっ！」

一行の足元に打ち水がかけられた。

「申し訳ありません！」

「困るなあ、これからお城にいこうというときに……」

若旦那が不貞腐《ふてくさ》れると、すぐに店の中から上総屋惣兵衛が飛び出してきた。

「まことに申し訳ございません。当店ではこのようなこともあろうと、お着替え用の着物を用意してございます」

「そんな暇は……」

「すぐでございます。おい、お着替えを」

上総屋が中に声をかけると、手代が五人分の着替えを持ってくる。やけに用意のいいものである。

「さ、さ、そこでさっとお着替えなさいませ。濡れた御召物はお帰りになるときまできちんと乾かしておきますし、その際、こちらのお着物はお持ち帰りいただきます」

「ほう……」

なんとも気前のいいことである。

若旦那一行はつい、ふらふらっと店の中へと入ってしまう。

柳亭種彦が潜んだ長持はそのまま通りに置いたままで……。

まさかそのすぐ後で、上総屋の裏手から同じかたち、同じ大きさの長持が運び出されてきて、通りに置きっぱなしのものと入れ換えられてしまうなんて想像もできない。

だが、その奇妙なできごとは、まぎれもなく実行されたのである。

着替えを終えた桔梗屋の一行は、そのまま通りの長持をかつぐと、お城をめざして歩き出した。

桔梗屋の若旦那も、着替えにもらった上等な紬《つむぎ》に目を細め、

「ふん、いくら本町一丁目に店を構えているからって、ここまで見栄を張らなくてもよさそうなものだな」

そんな憎まれ口を叩《たた》きながらも、機嫌はまんざらでもなさそうだった……。

——うまくいったぜ……。

佐平次は長持の底に身をひそめながらにんまりした。

桔梗屋の一行は、この長持が取り替えられたとは夢にも思っていないだろう。

桔梗屋はお城への出入りも頻繁らしく、とくに中身を改められることもなく、城の中に入ったらしい。しばらくして立ち止まったのは、どうやら百人番所の前のようである。

だが、若旦那が愛想たっぷりの声をかけると、ここも無事に行き過ぎる。坂道を上がるのがわかる。いよいよ本丸内に入り込んでいくのだと思うと、佐平次も緊張で手のひらに汗をかいているのがわかった。

長持の中は暗くて狭い——。

これが佐平次には辛《つら》い。地中に穴を掘るときも、どうしてもこうした状況に身をゆだねなければならないのだが、途中、必ず叫びたくなるほどの恐怖の発作に襲われるのだ。

始まりは佐渡の金山で落盤事故に巻き込まれ、十日間も坑道に閉じ込められてからである。

だからといって、穴を掘りたいという気持ちが失《う》せたわけではない。むしろ、もっと強くなったと言ってもいいくらいである。

――ううっ、落ち着け。ここは穴の中じゃねえ。たかが長持の底だぞ……。

そう言い聞かせるが、ふくらんでいく恐怖はどうしようもない。

心の臓は早鐘《はやがね》と化し、いくら息を吸っても空気が入った気がしない。

叫び出しそうになったそのとき、

「長持の貫目を改めるぞ」

という威嚇《いかく》に満ちた声が聞こえた。

――はっ……。

これで我に返った。

「か、貫目改めでございますかっ！」

桔梗屋の若旦那が仰天し、慌て、すくみあがった気配が声だけでもわかる。いままではこんな大きな長持に呉服を入れてきたことなどなかったので、貫目改めのしきたりがあることは知らなかった。

「な、何も怪しいものなどは……」

「規則じゃ」

番所役人は冷たく言い放った。

長持に縄がかけられ、巨大な天秤の一方にくくりつけられたのが、底にいる佐平次にもわかる。もう一方には石を載せる鉄皿がつけられるのだ。

両天秤にかけられた気配を見計らって、佐平次はあらかじめあけておいた長持の底の四つの穴に、コの字の鉄棒を差し込んだ。鉄棒を握り、ぐいと身体《からだ》を預ける。

これで佐平次の重さは消えた。同時に番所役人の声がする。

「二十貫目ほどか。まあ、こんなものであろうな」

「へっ？　へへっ？」

桔梗屋の気の抜けたような声がした。

佐平次は声を立てずに大笑いしていた。

ちょうどその頃――。

柳亭種彦はさほど大きくはない目をいっぱいに広げて、穴の向こうの世界に見入っていた。さきほどまで、伝馬町界隈《かいわい》をぐるぐるまわって時間稼ぎをし、日本橋本町一丁目の上総屋に運びこまれたなんてことは、想像だにしていない。

見えているのは、十畳ほどの座敷と大きな屏風《びょうぶ》である。屏風には狩野《かのう》派らしき松の絵が描かれている。屏風の向こうにも座敷がずーっと彼方《かなた》までつづいているのだろう……。

しかも、そうした座敷には絶世の美女たちが暮らしているはずなのだ。

そんな美女たちの暮らしぶりをこの目で眺めることができれば、いま構想中の大奥を舞台にした合巻にも真実味に満ちた臨場感を盛り込むことができるだろう。

つい先程は、お女中らしき女が三人ほど、この長持から反物を運び出していったのだが、その恰好も様子も、どことなく大店の女中のようだった。

――将軍も意外につましい暮らしをしておるではないか……。

種彦は感心したが、しかし戯作の参考にはならない。将軍家の倹約ぶりを見て感心するのがこの危険な偵察の目的ではないのである。やはり大奥にしかない、独特の暮らしぶりを見ていかなければ、こうしている甲斐がないではないか……。

ふと、静かに襖《ふすま》が開いた。

——これは、たいした美女……。

種彦はごくりと唾《つば》を飲んだ。

美女は筆や硯《すずり》などが載った経机のようなものを持ち出してきて、座敷の真ん中に置き、自分もそこに座った。

着物を幾枚も重ねて着ている。百人一首などで見る十二単《じゅうにひとえ》とはちょっと違うような気がするが、あの風俗がこうして伝わってきているのかも知れない……。

女は筆を取り、なにごとか思案しているらしい。そのうちに、イライラした口調で、

「ああっ、もう、いい話が書けないっ。なんとか紫式部に負けないくらいの物語を書きたいと思っているのに……」

と言って、ごろりと畳に寝そべった。

「やはり、こんな女の園に閉じ込められていたのでは、いいものなんて書けっこない」

女の視線はこの長持に注がれている。

「ああ、あの長持にいい男が隠れていて、あたしを押し倒してくれたなら、どんなに幸せでしょう。あたし好みの坂東三津五郎に似た、ちょいと年嵩《としかさ》の男だったりしたら

「……」

種彦は、三津五郎が市川団十郎襲名を打診されたような顔になって、

「まさにそんな男がここにいるんですよ」

と胸の中で叫んだ。

女ばかりの中で、この美女もおのれの欲望を持て余しているのだろう。これほどの美女であっても、将軍の夜の相手はつとまらないのか……。

美女は寝そべったまま、手を胸の中に差し込み、切なそうにその手をまわすようにし始めた。

「ああっん、うふん……」

美女が悶《もだ》えるのを盗み見ながら、種彦はひさかたぶりに自分のそれが怒張してきているのを感じる。

――ええいっ、もう、飛び出して、あの美女を抱きすくめてしまおうか……。

種彦は激しい興奮のため、息が詰まりそうになっていた。

――お巳よのやつ、まさか柳亭種彦をからかったりはしてねえだろうな……。

佐平次はそんなことを思いながら耳を澄ましている。

しばらく前までは、女たちの賑《にぎ》やかな声が頭上に満ちていた。反物の品さだめをしていたのだ。

反物は、長持を入れ換えるとき、手早く桔梗屋のものを数十本上に並べていた。その下にも一応の品は揃えてあるが、買い上げの注文は明らかに極上の桔梗屋のものが選ばれるだろう。これで、佐平次の企《たくら》みがばれる心配もなかった。

この部屋もいまは静寂に包まれている。

やがて、静寂の中に笛の音が流れ出した。

——いい音色だ。あの笛に間違いねえ。

佐平次はすぐに確信した。あれほど澄みきった、雅《みや》びやかな音色は、吹き手のわざだけで出せるものではない。

——よし、早速、始めるかい。

用意してきた王陽山の篠笛と細かい道具を取り出した。笛の音色を聞いて、その場で穴をあけてしまうつもりだった。そのための道具も準備してきている。

明かりが心配なので、小さなひょうそくを持ってきてはいたが、大奥は方々にろうそくを灯《とも》しているらしく、仕事には充分な明かりが穴から差し込んできていた。

ところが——。

佐平次の手が動かないのだ。

——なんだ、これは……。

よくよく耳を澄ませたら、音階がほかの笛と違っていた。

だいたいが笛というのは、自然の竹を素材にするのだから、厳密にはひとつとして同じものはない。事実、あらゆる笛は微妙に音が違っている。だが、この笛の音はそんな素材による違いではなかった。

普通にあけたら、こんな音階は出るはずがないのである。

——おれの耳がおかしいのか……？

佐平次は焦り出していた。

四

笛の音はなにかに語りかけるようにやさしく、しのびやかに流れてきていた。

佐平次は笛の持つ音階に微妙な違和感を覚えながら、その音色に耳を傾けつづけた。

ふと、思いついたことがあった。

——もしかしたら、この笛は七つの穴の大きさがそれぞれ違うのではないか……。

そもそも穴の大きさはつくり手によって微妙に違う。だが、七つの穴のひとつずつが違う笛などは見たことがない。技法のひとつとして穴をふさぐ指をずらし、半分ほど開いた状態で音を出すときがあり、その音階にも似ている。だが、指をずらしたときより音が鮮明なのだ。

――ということは、初めから穴の大きさが違っているのではないか……。

佐平次は最初の穴をあけた。

笛の穴をあけるには、まず先の分かれたネズミ歯の錐《きり》で穴をあける。これを中心にして小刀で穴を広げていくのだ。もちろん、いったん大きくしてしまったら、小さくすることはできないので、きわめて慎重を要する。

歌口はすでにあけられてある。佐平次があけるのは指でおさえる七つの穴である。

――とりあえず、全部、同じ大きさで小さめにあけていこう……。

慎重に一つ目の穴をあけた。うつ伏せになったままなので多少、腕の動きが不便だが、なんとかうまくやれた。

つづいて二つ目、三つ目……。

空気穴が小さいので息が苦しいが、例の恐怖の発作が襲ってくる気配はない。

四つ目、五つ目……。

手になじんだ小刀が、寸分の狂いもなく動いていく。手先が器用であることは言うまでもない。佐平次は米粒に針の先で、山盛りによそったご飯から、数粒、飯がこぼれたところを描いたこともある。

六つ目、七つ目……。

ついに穴は全部あいた。これから、穴の大きさを調節していく。

全部が違うわけではないのだ。

筒の中の歌口のすこし上に湿した和紙を詰めて、突き固める。こうして片方をふさがなければ、音は左右に洩れてしまう。

少し吹いてみる。かすかな音だ。

長持が置かれたのは七つ口のすぐ隣の座敷あたりだろう。七つ口の外には夜警の武士が詰める番所があるはずだが、こんな小さな音を聞き取ることはできるはずがない。

笛の音が流れてくるのは、ここから襖を三つほど隔てたあたりである。

──五つ目の穴と七つ目の穴だ……。

流れてくる音色に合わせながら、佐平次は最後の仕上げに打ち込んだ。

五つ目の穴が他より一回り大きく、七つ目の穴が一回り小さい。これで、他も調節していく。

額から滴《したた》り落ちる汗が笛にかからないよう注意する。わずかな湿気の差も音色の違いになってしまう……。

最後の仕上げに四半刻《しはんとき》（約三十分）ほど費やしたのではないか。

――できた……。

流れてくる音色とまったく違わない音を、手元の笛が出している。

どっと疲れがこみあげてきた。不自然な恰好だが、すぐに眠りにつくことができそうだ。あとは、明日、桔梗屋がこの長持を取りにきて、来たときと同じように上総屋で柳亭種彦の長持と入れ替わるだけだった。

――ん……。

座敷に人が入ってきた気配がした。

佐平次の身体が凍りついた。

――夜警の武士か？

槍でも突き立てられたら、こんな恰好ではどうすることもできない。

穴からのぞこうとしたとき、囁《ささや》くような声がした。

「先程からの笛の音、どなたがお吹きなのでしょうか？　わたしの笛に合わせて吹いておられたのは？」

笛の吹き手である旗本の娘だった。

あんな小さな音なのに聞こえていたのか——佐平次は驚いた。

「その長持の中ですか？」

「……………」

返事をするわけにはいかない。だが、娘は長持の前に膝をついたようだった。

「あなたがここにひそんでいることは誰にも申しません。ただ、どういうことなのか不思議なので……。この笛は王陽山という笛づくりの名人がつくったもの。その方は今年の冬に亡くなられ、わたしの手にあるものが最後の一本だったはずなのです……」

佐平次は息を殺したまま、娘の話を聞いている。

「でも、あなたが先程、吹いた笛の音色はまぎれもなくこの笛と同じ音色でした。しかも音の調子が最初は違っていたのに、どんどん合ってきたではありませんか。いったい、どういうことなのでしょう……」

「……………」

「それも答えるわけにはいきませぬか。わかりました。でも、わたしは嬉《うれ》しゅうございます。あなたのように笛の音色を解するお人がほかにもいるのだと知って……」

途切れた言葉から、何かためらっているような気配が感じられた。

「お話しするのが無理なら、せめて笛をいっしょに吹いていただくわけにはまいりませぬか。籠《かご》に入れられた鳥の囀《さえず》りでございます」

そう言うと、笛の音色が流れ出した。

哀切な調子だった。

しかし、女のやさしさも匂った。

これほど胸を打つ笛の音色というのは初めてだった。

佐平次はこの音を受けた。

抱き留めるように、音を合わせた。

哀しみと切なさを慰めるように、娘の音色を追った……。

やがて、笛の音は熄《や》んだ。

長持のわきで、娘が弾む心を抑えるように静かな声で言った。

「男の方だったのですね……」

佐平次は無事に、完成した笛を持ち帰り、上総屋惣兵衛にその笛を届けた。

礼金は五十両。佐平次はその金に満足したが、半分の二十五両はお巳よへのお礼

――というか、桔梗屋への反物代に消えた。

「に、二十五両だって……」

目を剝《む》いたが、お巳よの力なしには今度の仕事は成功することはなかったのだから仕方がない。

お巳よは上総屋の奥の座敷で長持にひそんだ柳亭種彦を騙《だま》し、大奥をのぞいてきたと信じこませたのである。

その柳亭種彦の新しい合巻が、大奥を舞台にした『偐紫田舎源氏《にせむらさきいなかげんじ》』というものになるらしいという話を、佐平次は葛飾北斎から聞いた。完成した暁には絵を北斎に描いてくれないかと依頼がきたが、北斎は富士を描くのに忙しく、断わったそうである。

「どうやら歌川国貞のところにいったらしいが、ざっと聞いたところじゃなんだか奇《き》天烈《てれつ》な物語になりそうだったぜ」

「奇天烈な……？」

「紫式部を気取った江戸の娘が、田舎源氏の生涯をつづり始めるという趣向だよ」

「娘が源氏をねえ……」

佐平次は、そう言えばお巳よが上総屋の奥座敷にこもる前に、「大奥じゃあやっぱり十二単でも着てるのかねえ」などと言っていたのを思い出した。

——まさかお巳よのやつ……。

佐平次はお巳よの悪ふざけを疑ったが、しかしことが成功裡《り》に終わったのだから、いまさら咎《とが》めだてすることでもなかった。

ところで、夏祭の頃になって、佐平次は深川八幡の櫓《やぐら》の上から王陽山の笛の音色を聞いたことがあった。

——そんな馬鹿な……。

佐平次は耳を疑ったが、どう耳を澄ませても、それは陽山の笛の音に間違いなかった。

上総屋惣兵衛が大事にしていた笛が道楽息子に持ち出され、祭で吹かれたうえに、喧嘩で割られたという話を聞いたのは、それから数日後のことであった。

第四話　首斬り浅右衛門の穴

「人を斬ったあとの気持ちなどというのは、それはもう嫌なものじゃ。肉を断った手ごたえや、骨を打つ音、そして噴き出す血しぶきといったものが、いつまでも心と身体《からだ》にしみついて、ぬぐっても洗っても取れるものではない。一度、あのような思いをしたら、そうそう人など斬れるものではないぞ」

（ある剣豪の談）

一

蒸し暑い夜である。

穴屋の佐平次はあまりの暑さに耐えきれず、早々と汁かけ飯の夕飯を済ますと、長屋を出て、竪川のほとりにたたずんだ。

竪川は本所と深川をへだてる運河である。しかし、この夜は流れの音もなく、ほとりに川風もない。それでも水があるだけで、いくらかでも涼しいような気になるのだ。かすかに青味を残した闇《やみ》の中を、蝙蝠《こうもり》の影が頼りなさげに踊っている。川面《かわも》には対岸の深川林町の明かりが、ちらちら揺れながら映っている。そんな景色をぼんやり眺めていると、

「おや、穴屋さん」

柳の木の陰で声がした。

「おう、お巳《み》よちゃんじゃねえか」

同じ長屋に住む娘で、ヘビ屋という商売をしている。マムシから巨大な青大将、それに南蛮渡来の妙なヘビまで、あらゆるヘビをあつかっている。きれいな顔だちの娘だが、そのことを思うと、ヘビの化身のようにも見えてくる。

「このクソ暑いのにはまいるなあ」

「ほんと。食欲もないので、これから川沿いに散策でもしようと思ってたの」

「そうだったのかい」

「でも、穴屋さんと会ったら、ここでぼんやり佇《たたず》みたくなっちまった」

いい雰囲気になった。

しばらくぼんやり、同じ光景を見ているうち、お巳よがぽつんと言った。

「近頃、なんか寂しいときがあってさ」

「そりゃそうだ。ひとりなんだもの」

「うん」

「男が出入りしてるのも見たことがねえ」

「だって、いい人がいないんだもの」

「そりゃ寂しいやね」

「不思議だね。色恋ってのは」

「そうかい」

「もう二度と色恋なんてするもんかって思ったのに、胸の中で新しい色恋を欲してる。自分じゃどうにもできない」

過去にずいぶん辛《つら》い恋を味わってきているらしい。はじめて聞く話である。

「すりゃあいいじゃねえか。その新しい色恋を」

よかったら、おいらを相手に、と佐平次は言いたい。

「でも、あたしは所詮《しょせん》、男の人を不幸にするだけの女なのさ」

ずいぶん思わせぶりである。

「そんなことはねえ。だって、おいらはこうやって、お巳よちゃんに寄り添うだけでも、夢見るような幸せな気持ちになるぜ」

佐平次はお巳よの腰に手をまわし、ぐいと引いた。柔らかい身体がしなるように佐平次に引き寄せられる。お巳よの豊かな胸が佐平次の筋肉に押されてへこむのもわかった。

お巳よはそのままじっとしている。湯上がりらしい、いい匂いがする。

思わず尻に手を当てると、

「だめ、佐平次さん。こんなところで」

「じゃあ、おいらの家にこいよ」

「まあ……」

佐平次を見るお巳よの目が、きらきらと輝いた。

「どうしようかな」

「いいじゃねえか。さあ、来な」

佐平次は歩き出した。

背中にお巳よがためらっている気配がある。だが、すぐに後を追ってくるのがわかった。

――いよいよ、あの娘を抱くことができるぞ……。

佐平次の胸は高鳴った。

ずっと気になっていた娘である。何度もいいところまでいったが、そのつど、巧みにはぐらかされてきた。だが、今宵《こよい》こそ、お巳よもその気になったらしい気配だった。

長屋までもどって来ると、

〈穴屋　どんな穴でも開けます　開けぬのは財布の底の穴だけ〉

と書いた看板の下に誰かが立っていた。

女である。歳《とし》のころなら二十四、五といったところか。お巳よもきれいな娘だが、まだ固さがある。こちらは咲き誇る美しさで、まさに闇に咲いた花のようである。

「穴屋さん？」

どう見ても武家の奥方だが、口調にざっくばらんなところがある。

「へえ、さようで」

「お願いしたいの、お仕事」

鉄漿《おはぐろ》をしているので人妻であるのにまちがいはない。だが、危なっかしい感じもあり、そんな女の雰囲気に佐平次はついでれでれしてしまったようだ。

お巳よは冷たい目でちらりと見て、

「お仕事がいちばん大事よ、穴屋さん」

自分の家に入りこんでしまった。佐平次は気分を害したかなとは思ったが、あとで機嫌を取り結ぼうと高をくくる。

「いまから、来ていただけませんか」

奥方が佐平次をのぞきこむように言った。

「わかりやした」

なにも聞かないうちから、すでに引き受ける気になっていた。


本所緑町を出ると両国橋をわたり、神田界隈《かいわい》を抜けてから城を見ながら左にまわった。ふだんの佐平次の足なら小半刻《こはんとき》もかからないが、女の足についていくため、ずいぶん時間がかかった。

途中、

「あっしのことはどこで？」

と訊《き》いた。本所界隈の町人たちにはぼちぼち知られるようになったが、武家の仕事はそれほど多くない。ましてや、こんな山の手のほうは、穴屋の仕事ではほとんど来たことがない。

「わたくしは武家に嫁入りましたが、じつは町人の出で、以前から知り合いの上総屋《かずさや》惣兵衛《そうべえ》さんから聞きました」

「ああ、そうでしたか」

ふた月ほど前に、笛の穴を開けてあげたことがあった。

半蔵門から四谷御門のほうへ向かい、左に折れた。このあたりはたしか藁店《わらだな》とも呼ばれている。奇妙なことに奥方の屋敷は、平川町の町家の中にあった。

大店《おおだな》の隠居家でも買い取ったのだろうか。三百坪ほどの黒板塀と木立に囲まれた敷地に洒落《しゃれ》たつくりの屋敷が建てられている。

この隣も武家の家らしく、こちらは相当な敷地にいかにも武家屋敷ふうの佇まいである。この二つの屋敷だけが、ごちゃごちゃした周囲の町家から浮き立っているのだった。

屋敷に入ると、佐平次は裏手にある茶室のような離れに通された。

「旗本の安井です」

と、奥方はかんたんに名乗った。それ以上、詳しいことを言う気はないのだ。仕事が終われば、あとは赤の他人である。ただし、危ない仕事の場合、口封じのため消されることも警戒しなければならない。

佐平次がおずおずと腰をおろすやいなや、

「抜け穴を掘っていただける？」

と奥方は言った。

そら、きた、と佐平次は思った。真っ当な抜け穴などというものはない。危ない部類の仕事なのだ。

「どこからどこまで通しましょうか？」

「ここから、右手の通りを挟んだ向こうの屋敷まで」

「通りの向こう……」

そこらは武家地になっていて、大身《たいしん》の旗本たちの屋敷が並んでいるはずだ。

「およそ半町ほどですね……」

距離についてはさほどの困難はない。もっと長い穴をいくつも掘ってきた。

「向こうさまはご承知でしょうか？」

「もちろん」

盗っ人の手伝いではなさそうだ。となれば、あとは密会のためか。目の前の奥方がそんなことをしていると思うと、息苦しいような気分になってきた。

「ただし……」

「へえ」

「抜け穴の大きさは、横は四尺、縦は六尺五寸ほどにお願いできますか」

「そんなにでっけえ穴を？」

人が通る穴ならもっと小さくて済む。抜け穴なんて胸をはって歩く必要はない。かがんだり這《は》ったりして進むのが当たり前で、せいぜい三尺四方もあれば充分なはずである。

いったい、なにを通そうというのか。しかも、それだけの穴を掘れば、出てくる土の量も膨大《ぼうだい》になる。

「面倒なのは、土の始末なのですが」

「なるほど。それなら、向こうとこっちでお互い、庭に築山をつくります。向こうさまは二千坪ほどの庭ですし、池もあるので、その埋め立てにも使いましょう」

それならなんとかなるかも知れない。だが、ひとりでやるには大仕事となりそうである。

「あっしの他に人手は？」

「おひとりでやってください。その分、お代ははずみますよ」

「へえ」

穴の壁を補強する板は、材木屋に持ってこさせればいいだろう。ひとりでもできない仕事ではないが、はずむと言われても、確かな額が聞きたい。

奥方は佐平次の気持ちを察したらしく、一度、席をはずすと、小さな包みを持ってきた。

「手付けに五両。かかった費用は別にして、成功報酬五十両ということでいかが？」

十両あれば一年遊んで食えるほどである。その手付けの五両が佐平次の前に置かれた。

「わかりました」

つい、引き受けてしまった。

「それと、お隣さまは大変、耳のさとい、神経の細いお人で、あまり大きな音はお立てにならぬほうが」

地中の音というのは意外に遠くまでとどくものである。たとえ昼間、立っているときは気づきにくくても、深夜、座していたり、寝ているときは、よく聞こえる。

それなら、できるだけ夜の仕事をひかえたほうがいいだろう。

不覚にもこのとき佐平次は、そのお隣の家について、さほど心配はしなかった。

手付け金を懐に入れ、

「まかせておくんなさい」

と言って、頭を下げた。

次に頭をあげると、奥方がじっと佐平次を見ている。その視線がやけに熱い。

「お若い人は見ていて気持ちがいい」

「は？」

佐平次は二十八である。奥方のほうが若いだろうに、妙に実感がこもった言葉である。

どきどきしてきたとき、

「佳代。いま、帰ったぞ」

母屋《おもや》のほうで声がした。佳代というのが奥方の名前らしい。

佐平次も奥方の後から、離れを出る。

「あなた、こちらは例の穴屋さん」

奥方が佐平次を指さしてそう言うと、亭主はこちらを向き、

「うむ。よろしく頼む」

とだけ言って、中へ入っていった。

亭主も知っているというと、密会用でもないのか。

だいいち、その亭主ときたら、夜目にも驚くくらいの美男子である。

お巳よが言っていたように、色恋というのは不思議なものだが、あんな見目のいいご亭主を持ちながら、浮気に走るというのも考えにくい。

佐平次のとまどいをよそに、

「では、明日からでもはじめてくださいな」

奥方はそう言って、頭を下げた。

外に出て、依頼人の安井家、お隣の家、そして誰がいるのか知らないが抜け穴を通す家と、順に眺めながら歩いた。

長屋にもどった頃には、夜中の四つ（およそ十時）になっていた。

すこしためらったあと、佐平次はお巳よの戸口を叩《たた》いてみることにした。この暑さでは、まだ寝込んではいないだろう。

腰高障子の下をこつこつ叩くが返事はない。

音を聞きつけたのか、お巳よの隣りに住む御免屋がちょうど顔を出して、

「なんだ、穴屋の兄さんかい」

「あ、へえ、いや、その」

「ヘビ屋の姐《ねえ》さんなら、明日早く発《た》つので、いったん品川の宿に泊まるんだそうで、さっき出かけたよ」

にやにや笑いながら言った。

御免屋というのは、揉《も》め事のあいだに入って依頼人のかわりに謝って話をつけるのが仕事なのだという。変わった商いだが、この世に揉め事は絶えないらしく、下手をするとおかしな商売の者が多いこの長屋でも、いちばん繁盛《はんじょう》しているかも知れない。

「遠出かい」

「そうらしいね。珍しいヘビを探してくるんだそうだ」

「珍しいヘビ？」

「なんでも備前国あたりの山中に、こんな丸太のようにふといヘビがいて、そいつはヘビのくせに哭《な》きやがるんだとさ」

「ヘビが哭くだって！　そんなこと、聞いたことがねえぜ」

佐平次はそう言って、自分の住まいにもどった。

入った部屋がむしろひんやりと感じられる。

――あのとき、仕事なんか断っちまえばよかったな……。

そうすれば、いまごろはここで、お巳よとふたり、裸で抱き合っていたにちがいないのだ。佐平次は、自分でも意外なほどの寂しさを感じているのに驚いていた。

二

抜け穴掘りが始まった。

このあたりは高台にあるので下町のように水が出ることもなさそうである。また、適度に締まった、きめのこまかい土で、苦労なく掘り進むことができた。

床下から掘り始め、最初に縦穴で二間半ほど掘り、それから横に掘っていく。

肝心なのは、掘りながら、ちゃんと壁を柱や板で丈夫に補強していくことである。これを怠《おこた》ると途中、土砂崩れが起きて、生き埋めになったりする。

途中までは順調にいった。

ところが、半分ほど進んだ十日ほどして、岩盤に突き当たった。

ちょうど、隣の屋敷の中心の真下あたりだろう。隣の人には穴を掘っているのを知られないようにと、念を押されている。

迂回《うかい》すればいいのか、強引に割って進んだほうがいいか、それには岩盤の大きさがわからないと結論は出ない。

――昼のことだし、まさか聞こえないだろう。

そう判断して、音で岩の大きさがわからないかと、何度か金槌《かなづち》で叩いてみる。

するとまもなく、安井家の佳代が穴から半身をのぞかせて、

「いま、門前にお隣さんが文句を言いにきてます……」

と告げた。なるほど地獄耳らしい。

「わかりました」

佐平次は植木屋をよそおって、庭に出た。お隣の男というのが、玄関先で佳代と話している。

「どうも、地面の、中で、妙な、音が、したので」

訥々《とつとつ》とした途切れがちな言葉づかいの、青い顔をした痩身《そうしん》の武士である。歳はまだ二十歳をいくらか過ぎたくらいではないか。もしかしたら、尻にはまだ蒙古斑《もうこはん》がしがみつくように残っていても、おかしくない雰囲気がある。

「申し訳ありません。いま、植木屋が入って仕事をしておりまして」

佳代が言い訳をした。

「植木屋の、音とは、ちがうのでは、ないかな。石工が、割る前に、ためしで、叩い

ている、ようにも、思えたぞ」

「はい。あの、庭に石を置くべきか、迷っていましたので」

佳代はしどろもどろである。

だが、そういう相手の顔色などはさほど気にならないらしく、

「では、今後は、お静かに」

そう言って、もどっていった。

佳代は佐平次のところへやってきて、

「お聞きになりましたか」

「ええ。恐ろしく敏感な人ですね」

「そうなのです」

「お旗本で？」

「いえ、ご浪人さまです」

「浪人？」

それにしては、屋敷などはひどく立派である。屋根瓦や門の木材なども一級品をつかっているのがわかる。

「お名前は？」

と佐平次は訊いた。

佳代はちょっと迷って、それから言いづらそうに、

「山田……浅右衛門さまとおっしゃいます」

「げっ！」

佐平次の顔が見る見る青ざめていく。

「く、首斬り浅右衛門！」

その名を知らない江戸っ子はいない。

身分は浪人だが、希有《けう》な役目を任されている。将軍家御佩刀御試御用役《ごはいとうおためし》——これが、山田家に命じられた役目である。将軍家が使う刀の斬れ味を、実際に人を斬ってたしかめよというのだ。

だが、いくら将軍の力が強大でも、そのあたりにいる人間を手当たり次第に斬らせるわけにはいかない。斬ってもいいような人間、すなわち罪人によって試し斬りをするのだ。

しかし、山田家の役目はさらに増えた。本来は奉行所の同心がおこなうはずだった、死罪の罪人の死刑執行、すなわち首斬りの仕事をすべて山田家に代行させるという慣習をつくったのである。

死罪を命じられれば、山田浅右衛門によって首をはねられる。それは子どもでも知っている。

首斬り浅右衛門――泣く子も黙る、江戸でいちばん怖い男だった。

――よりによって山田浅右衛門の屋敷の下を掘るとは……。

もしも、先にそれを聞いていたら、佐平次ですら、この仕事は絶対に引き受けなかっただろう。山田浅右衛門はそれほどに怖い。だが、引き受けてしまった以上、穴屋の誇りにかけて、やめますとは言えない。

それは山田浅右衛門だったら、感覚は異常なほど研ぎ澄まされているだろう。だが、とりあえずこの岩の厚さだけでも知りたい。

では、どうするか。相手方も承知のうえなのだから、その人物に話をつけてもらい、逆側から掘らせてもらえないものか。両側からの距離を計れば、岩の厚さもわかるのだ。

「向こうさんの出口のほうから掘らせていただくわけには参りませんか」

佳代はしばらく考え、

「では、あちらのご意向もうかがってきましょう」

そう言って出ていった。

向こうは外から見ただけでも、大身の旗本とわかる。用人や中間《ちゅうげん》たちも何人かいるだろうし、渋っていることも予想できる。

だが、佳代は意外に早くもどってきて、

「では、参りましょう」

と言った。

佳代のあとをついて、向こうの屋敷に入った。佳代が言っていたように、庭は広く、池もある。土の始末も心配なさそうである。

佐平次はこちらでも、やはり茶室らしき離れに通された。

待っていたのは、凄《すさ》まじいほどの巨体の持ち主だった。六尺をはるかに越すほどの、雲を突くような大男である。

加えてでっぷりと太っている。なにせ、かがむことも下を見ることもできないらしい。座るときは、柱につかまってからいったん膝を折り、ひっくり返るような要領であぐらをかいた。

たしかに、この男が抜け穴を行ったり来たりするとしたら、縦六尺五寸、横四尺ほどの穴が必要になるだろう。

——南蛮に棲息《せいそく》するゾウというケダモノが山のように大きいと聞いたが……。

佐平次は内心で、ゾウ野郎と罵《ののし》った。

ゾウ野郎は、佳代からなにか耳打ちされると、佐平次のほうを見て、

「おう、ご苦労じゃな……」

とうなずいた。首を動かすのさえ億劫《おっくう》そうな肉付きである。この男に、小柄な佳代が組み伏せられる姿を思い浮かべたら、劣情よりも哀れさで胸が痛くなった。

茶室の床をはずし、ここからとりあえず、距離をはかるだけの小さな穴を掘った。

こちらも、地盤は固すぎず柔らかすぎず、掘りやすい。

だが、油断してはいけない。どんなに小さな穴だろうが、固い地盤だろうが、注意を怠れば落盤は起きる。

三日目には向こうからと同じくらいの距離に達した。

その頃だった。佐平次の胸に恐怖がこみあげてきた。胸が早鐘《はやがね》のように打ち出す。冷や汗が滝のように流れ、ときには視界がぎゅっと縮まって、自分の手が赤子の手のように見えたりもする。

坑道のような穴を掘るときに決まってやってくる恐怖心なのだ。以前、佐渡の金山で落盤事故を経験した。その怖さが、心の奥に刻み込まれたらしい。

叫び出したい思いをじっと耐える。もしも叫べば、真上にいる山田浅右衛門の耳に

も達するかも知れない。

――今度の恐怖は大きい……。

津波に翻弄《ほんろう》されるように目をつむって地べたに伏せる。ふと、伸ばした鑿《のみ》の先が固いものに当たった。

――岩だ……。

そう思ったとき、恐怖は嘘のように静まり、落ち着きを取り戻していた。

両方からの距離を計算すると、岩の厚さが出た。せいぜい二尺くらいである。これなら迂回路を探すより、割ったほうが早いだろう。岩を割るには、鑿や鏨《たがね》を使うのはもちろんだが、温度差というのも利用する。すなわち温めた岩を急に冷やす。あるいは、岩の隙間に入った水滴が凍って体積を増やすのを利用する。佐渡の金山でも、こうした方法を活用して、岩盤を砕いていったものだ。

この季節、氷をあてにするのは難しい。やはり、岩の前で火を焚《た》き、水をかけて急に冷やすという手がいいだろう。ところが、この方法を取るには、いくつか困ったことが起きる。

まずは、空気穴を確保しなければならない。穴の中で火を燃やすと、そのうち火は燃えなくなり、しかも人は息ができなくなる。なぜなのかはわからないが、どうやら空気の中にあるなにかが燃えつきてしまうと、そういうことになるらしい。そうしたことは何度も経験してきていた。

今度の穴は幸い大きな穴だが、それでも別方向にひとつ穴を開け、空気の流れをつくってやらなければならない。

その風穴は当然、山田浅右衛門の屋敷のどこかに出さなければならないだろう。

もうひとつは、やはり音である。温めた岩を急に冷やせば、岩の種類にもよるが、「ぴぃーん」というかなり大きな音が土中にひびくことになる。

金槌で叩いた音に気づいた山田浅右衛門が、この音に気がつかないわけはないだろう。

浅右衛門がいないときを狙《ねら》えればいいのだが、この男がまた、仕事以外ではほとんど外出しないし、出てもすぐに帰ってくる。しかも、斬首の刑など、平和な江戸ではそうのべつあるものではない。

――ならば、浅右衛門自身をどうにかするしかあるまいな……。

とはいっても、山田浅右衛門をやっつけるなんてことは不可能である。

佐平次は頭を抱えた。

平川町からの帰り道――。

佐平次は夕暮れのお濠端《ほりばた》を歩いた。

ふと、下を見ると、お濠の水の中を妙なものが泳いでいる。ヘビのようだが、それにしてはやけに太い。

――ネズミでも飲み込んだのか。

とも思ったが、それなら膨れているのは一部だけだろう。このヘビは、胴体全部が、長さに比べて太いようなのだ。

それが、城のほうからこっちに、必死のようすで泳いでくる。

――そう言えば、昔、仲間から千代田城の吹上の森には妙に不恰好なヘビがいると、聞いたことがあった。たしか、ツチノコとか言ったんじゃなかったかな……。

かたちがかたちだけに、泳ぎはふつうのヘビよりもうまくはないらしい。へろへろになって辿《たど》りつくようすである。

佐平次はお巳よへのみやげにしようと、土手に這い上がろうとする寸前、このヘビをすくいあげ、道具入れの中に押し込んだ。

そのときである。

「ぴぃーん」

とヘビが哭いた。

「げっ。おめえ、哭くのか。へえ、こりゃあ、おったまげたぜ」

このときは、まさかこのヘビが仕事に役立ってくれるとは、思ってもみなかったのである。

三

佐平次は、山田家の庭の隅にのぞき穴を開け、浅右衛門という男をじっくり観察しはじめた。

浅右衛門はまだ、若いくせに、かわいそうなくらい謹厳な日々を送っているらしかった。

山田家の広い庭は、建物があるところ以外は、ほとんどが竹林になっている。

浅右衛門は夜明けとともにこの竹林に出てきて、刀をふるう。

痩身だが、裸になると凄い筋肉をしているのがわかった。無駄な肉は紙切れほどもない。よほど毎日、鍛えあげなければ、これほどの身体にはならないだろう。

「きえーっ」

と裂帛《れっぱく》の気合が響く。

この声で、山田家の庭の鳥や虫が、ばたばたと地に落ちてきたという噂《うわさ》もある。そのせいかどうか、実際、山田家の庭には鳥も啼《な》かず、セミの声すらしない。

いったんはじまった素振りは、なかなか終わらない。途中、朝餉《あさげ》のために屋内にもどるが、しばらくするとまた庭に出てきて剣をふるう。

竹林には、平たい斬りあとがある竹がいくつも生えている。浅右衛門が剣の稽古のために斬った竹である。

浅右衛門はすっぱりと斬ったあとから、この切り口に向けて剣をふるいつづけるのだ。すると、竹の切り口は紙のように薄く斬り取られ、ぺらぺらと宙を舞う。透けるほどに薄く、それほどまで浅右衛門の剣技が見事だということである。

――剣技を磨くことだけに費やしてきたのか……。

若い身空で、ここまで鍛えられた剣の腕と、異常性をはらんだ仕事。浅右衛門のこれまでの暮らしを想像すると、哀れな気さえした。

「近所の豆腐屋が申していたのですが、浅右衛門さまの幼いころは、気のやさしい、死んだ小鳥も葬ってあげるようなお坊っちゃまだったそうです」

と安井佳代は語ったものである。

おそらく、そうした気質は消え失《う》せたわけではない。家のため、仕事のため、無理矢理に封じこめたにちがいないのである。

——岩を割るのは、そこらあたりからだな……。

佐平次はつぶやいた。


山田浅右衛門はいつものように早足で、小伝馬町の牢から平川町の屋敷に向かっていた。

この日も斬首の刑をおこなってきた。斬ったのは浅右衛門と同じ歳くらいの若者で、牢役人に聞いたところでは、奉公先の親方夫婦と喧嘩をし、はずみで殺してしまったということだった。

ひどく悔いているようで、このようすを見たら、親方夫婦というのもあの世で許しているだろうにと、ちらりと思ったほどだった。

しかし、仕事は仕事である。余計なことは考えず、完璧にこなさなければならない。その腕をたしかなものにすることだけが、浅右衛門のこれまでの暮らしだった。

むしろ、浅右衛門はそれ以外のことはなにもしたくなかった。別のことをすれば、斬首の剣技はすぐに鈍ってしまうだろう。このようなときも、余計なことはせずにさっさと平川町の屋敷に帰りたかった。

余計なことまで考えてしまいそうだった。もしもなにか考えはじめたとしたら、斬首の剣技はすぐに鈍ってしまいそうだった。

そんな浅右衛門がふと、足を止めてしまったのは、声をかけた八卦見《はっけみ》がよほど気のおけない笑顔をしていたからだろう。

「そこな御仁」

と八卦見は言った。

「なにか」

「辛いお仕事をなさっておいでだな」

「いきなり、なにを、言う」

浅右衛門は眉をひそめて言った。

「これは相済まぬ。だが、貴殿があまりにも大勢の霊を肩に載せておいでなので

「……」

「えっ」

浅右衛門は思わず自分の肩のあたりを見た。

「仕事によっては、死者の恨みを買うのもいたしかたない場合もあろう。だが、恨みを残した亡霊はヘビの化身となって地の底から這い出て、そなたに哭きつくかも知れない」

「ヘビ、だと」

「いかにも。そのときは、哭き声を聞いてあげなされよ」

「ヘビの、哭き声……？」

「はい。ぴぃーんと、ちと変わった声で哭きまする」

「そなたは、わしを、愚弄《ぐろう》して、おるのか」

浅右衛門の額に青筋が走った。同時に、左手を刀の鞘《さや》にかけ、すぐにも抜き放てるように構えた。

「あ、いや、これは……」

八卦見は蒼白になって、手を前に出した。

「悪かった。済まなかった。これは、貴殿のためを思っての忠告だったのだが、気にさわったら許してくれ」

浅右衛門は八卦見をしばらく睨《にら》み、ふっと肩の力を抜いた。

「ヘビの、化身が、出たら、その、哭き声を、聞けと、言うのだ、な」

静かな声で訊いた。

「そ、そうじゃ」

「ご忠告、うけ、たまわった」

浅右衛門はそう言って、来たときと同じく足早に歩み去っていく。

肩をすくめて見送っている八卦見に、後ろから声がかかった。

「御免屋さん、うまくいったじゃねえか」

佐平次である。八卦見に化けていたのは、同じ長屋の御免屋だった。

「穴屋か。いやはや、恐ろしい男だったな。あの男、冗談ではなく、大勢の魂を引きずっているような気がしたぞ」

「そうですか」

「何者なのだ？」

「首斬り浅右衛門ですよ」

佐平次が名を告げると、御免屋は目を剝《む》いて、口をぱくぱく言わせた。

「や、山田浅右衛門……なぜ、それを先に言わぬ……」

「言ったら、引き受けてはくれますまい」

「そらそうだ」

御免屋はうなずき、首があるのを確かめるように、手のひらで首筋を撫《な》でまわした。

四

同じ日の夜――。

「隣家の安井さまのご紹介で、刀の試しのお願いに参りました穴山と申します」

そう言って、山田浅右衛門の屋敷を訪ねた者がいた。

佐平次が住む長兵衛長屋の連中がこの武士を見たら、思わず吹き出したことだろう。武士は、長屋の古株のお面屋だった。

どんな人の顔でもそっくりにつくるというお面屋が、今日はどうしたことか、お面のように強張《こわば》った顔で、首斬り浅右衛門の家にやってきたのだ。

「ああ、うかがって、おりました」

浅右衛門が暗い顔でうなずいた。

お面屋はさっそく刀を取り出す。

「当家に昔から伝わる刀で、銘には正宗とあるのですが」

「正宗、なら、銘を、確かめ、なくとも、斬れば、わかります」

珍しく微《かす》かな笑みが浮かぶ。やはり名刀を試すのは嬉《うれ》しいらしい。

「そうですか」

「お急ぎ、だとか」

「本物なら使い物にしようかと」

「明日、御用が、あります。そのとき、試しましょう」

話はすぐについた。

浅右衛門は無駄話を嫌う質《たち》らしく、お面屋は早々に山田家を辞した。

帰り道、後ろから佐平次が追いかけてきた。

「どうでした?」

「うまくいった。だが、あんな不気味な男には二度と会いたくないな」

恐怖を嚙み殺しているような顔で、お面屋は言った。

「わかりました。受け取りには、隣家の奥方に行ってもらいます」

佐平次は、佳代もまた浅右衛門を怖がっているのを知っていたが、依頼人にもそれくらいのことはしてもらわなければと思った。

翌日――。
浅右衛門はいつものように小伝馬町の牢内にある刑場に立った。
今日、仕置きする罪人は、親類の一家を皆殺しにした極悪人ということは聞いた。
すこし、気が楽だった。
罪人は目隠しされ、刑吏《けいり》の手下たち三人に押さえつけられている。
浅右衛門は罪人の横に立ち、喚《わめ》き散らす言葉には耳を傾けず、さっと斬り下ろした。
そのとき、浅右衛門の耳に、異様な音が聞こえた。
「ぴぃーん」
という小さな音だった。
浅右衛門は、刀が哭いたのかと思った。
刀は昨日、預かったものである。斬れ味からいっても、まさしく正宗の本物だった。
だが、刀が哭くなどというのは聞いたことがない。
といって、こんなところで刀が哭いたなどと騒ぎ立てることはできない。
浅右衛門は怪訝《けげん》な思いを抱きながらも、刑場を退出した。
その浅右衛門を見送った刑吏の手下たちが、ひそひそと言葉をかわし合っていた。
「こんなもの、罪人の喉元にそっと押しつけるだけで一両とは、楽な仕事だったな」

「まったくだ」

「それにしても、いい音がしたな」

「ああ、面白《おもしれ》え音だった」

刑吏の手下のひとりが、それを手にしていた。細い串のようになった鋼《はがね》である。端っこをはじくと、

「ぴぃーん」

という微かな音がした。

山田浅右衛門は家にもどると、早速、刀を調べにかかった。いくら調べても、音が出るような仕掛けは見つからない。

だが、どうしても気になる。

夜になって、隣家の奥方が代わりに刀を取りにきたが、

「素晴らしい、斬れ、味だが、気になる、ことが、あった。もう、一度、つかわ、せて、もらい、たい」

有無を言わさぬ口調だった。

奥方は困ったような顔で、しかし、内心は穴屋が言ったとおりだと感心しながら、

首を縦に振った。

次の斬首は三日ほど後だった。

浅右衛門はその正宗で老いた罪人の首をはねたが、このあいだの音は聞こえなかった。

——まさか、気のせいだったか……。

ところが、帰りの道でふたたび、あの音を聞いたのである。

平川天神のあたりにさしかかったとき、頭上から、

「ぴぃーん」

という あの音がした。

浅右衛門はぞっとして、上を見た。けやきの木が大きく枝を伸ばし、夏の日差しをさえぎっている。それ以外にはなにもない。

だが、まぎれもなく、あの音が上から降ってきたのだ。

「ううううっ」

浅右衛門は立ったまま足を揺すった。いわゆる貧乏揺すりである。精神が緊張したときにそれを和らげようと、無意識でやる癖のようなものだ。十五、六のときにひどくなったが、ここ一年ほどはおさまっていた。だが、いまはそれをやらずにいられな

い。

「うううぅっ」

通りがかりの女が気味悪そうに、貧乏揺すりをする浅右衛門を見た。異様なのだとは自分でもわかる。だが、無理に抑えれば、おそらく緊張がたまり、自分は自害するか、あるいはむやみに他者を傷つけたりするだろう。

「ふぅーっ」

ようやく恐怖がおさまりかけたとき、またしても頭上から、

「ぴぃーん」

と音がしたようだった。

この夜は凄まじいばかりの暑さだった。

浅右衛門は寝間の戸を開け放って、蚊帳《かや》の中に横になっているが、庭から熱風が吹きつけてくる。

「なんだ、この暑さは……」

耐えきれずに布団を出て、庭に降りた。

竹林に月の光が洩《も》れてきて、見た目は涼しげである。

しかし、竹林の奥から熱風が吹いてくる。

「誰か、焚き火でも、して、おるのか」

浅右衛門は苛立《いらだ》ち、手にしていた刀を抜いて、竹を数本斬った。

竹は鋭い切り口を見せながら、ざざっと倒れた。

わずかに苛立ちがまぎれ、寝間に引き返そうとしたとき、後ろで気配を感じた。

「なんだ……」

振り向くと、切った竹から熱気が流れ出してきているように思った。

竹取物語でもあるまいし。かぐや姫でも生まれるのか。

「そんな馬鹿な……」

おれは、いよいよ狂ったか……。

そのとき、以前に切った竹の先から、なにか奇妙なものが這い出てきた。

それはヘビのようだった。

だが、ヘビにしてはあまりに太く、すづまりの体型だった。

「な、なんだ……」

浅右衛門は後ずさりした。背中に鳥肌が立っているのがわかった。

そのヘビのようなものは、竹の先からどろりといった感じで地面に落ちた。それか

ら太い鎌首をもたげ、こっちを見て、

「ぴぃーん」

と哭いた。

「うわーっ」

浅右衛門は振り向きざま走って逃げた。まるで子どもの頃に帰ったように。

布団にもぐっても、まだ胸がどきどきしていた。

さっきのは何だったのか。

ヘビのようだが、しかし、あんなヘビがいるのだろうか。

ヘビの化身……。

そうか、あの八卦見が言っていたのは、このことだったのか。

ヘビの化身の哭く声を聞けとも言っていた。

それがおそらく、このおれが首をはねてきた罪人たちの怨嗟《えんさ》の声なのだろう。

ああ、そうか。それなら聞いてやるわ。さあ、哭きたいだけ、哭くがいいさ。

浅右衛門がそうつぶやいたとき、布団のずっと下、すなわち地中から、あの音が聞こえた。

「びびぃぃぃーん」

斬首のときに聞いた音や、さっきのヘビの哭き声とはいくぶん違ったような気もした。今度の音はもっと長く尾を引いている。しかし、怨嗟の声もさまざまあるのだろう。

浅右衛門は布団の上に正座し、そこから蚊帳ごしに竹林のほうを見据えた。ここで、一晩中でも、霊たちの怨嗟の声に耳を傾けてやるつもりだった。

事実、怨嗟の声はそう大きいものではなかったが、この夜はずっと間欠的に湧き出してきていた。


佐平次は岩盤の前で焚き火をし、岩が熱したところで、冷たい井戸水をざばんとかけた。岩は急に冷え、

「びびぃぃぃーん」

という音を発して割れた。

これを幾度か繰り返すうちに、岩は苦もなく砕けていった。

安井家の佳代に山田家のようすを窺《うかが》ってもらっていた。佳代は、塀の上から隣の母屋あたりを見ていたのだ。

一度、浅右衛門が竹林に出てきて、刀を振り回したりしたあとは、とくに騒ぎはないらしかった。

どうやら浅右衛門は、ヘビの化身という話をすっかり信じ込んでしまったのだろう。浅右衛門は若い。つい、このあいだまで子どもだったのだ。それが家業とはいえ、人の首をはねるという異様な仕事をせざるを得なくなった。余人には想像もできない苦悩をともなっているのだろう。

当初は、首をはねる剣技のみに邁進《まいしん》した。しかし、この仕事は技だけでできるものではない。浅右衛門は反対に心のほうを鈍麻させ、何も感じなくさせることで、この仕事をつづけようとした。

佐平次は、その鈍く鎧《よろ》った心に、穴を開けてやればよかったのだ。

――浅右衛門は、その穴によって壊れてしまうだろうか……。

因果な運命を背負った若者への同情がこみあげてきた。

「さあ、どうぞ、お通りになって」

佐平次は抜け穴の真ん中あたりに立って、通っていく巨大なむくつけき、あのゾウ野郎に声をかけた。

穴の真ん中あたり、岩盤のあったところだけは、ちょっと広くして、人が行き交うことができるようにした。佐平次はここに立っていたのだ。

「うむ。よくやったのう」

ゾウ野郎は横柄にうなずき、佐平次のわきをすり抜けていった。

佐平次の鼻先をつうっと匂いがかすめた。女がつける香のような匂いだった。

――もしかしたら……。

佐平次の脳裏に嫌な想像が浮かんだ。

だが、荷物を片づけて安井家のほうにもどっていくと、そのことはすぐに判明した。

穴の出口で、ゾウ野郎が抱き合っていたのである。安井家の当主・佳代の夫と……。

「これで、いつでも好きなときに会えるな」

ゾウ野郎が甘い声で佳代の夫に言った。

「嬉しいわ、とても」

佳代の夫も、十五、六の娘のような声で言った。

佐平次は吐き気を覚えた。

やはり抜け穴は、佳代のためではなかったのだ。

呆《あき》れている佐平次の後ろから、誰かがやってきた。七十近いと思われる男だった。

身体はそれほど大柄ではないが、顔はどことなくゾウ野郎に似ていた。

「これは便利じゃな」

老人はそう言って、佐平次の横をすり抜け、穴から上にあがっていった。

意外ななりゆきは、ここからはじまったのである。佐平次は穴の下にいて、このなりゆきに目をみはるしか、どうしようもなかった。

「そなたたち、いいものをつくったのう」

「父上……」

ゾウ野郎の驚いた声がした。

「よいよい、愛撫をつづけるがよい。気色は悪いが、それもそなたたちの性癖ならば、致し方あるまい。そのかわり、この抜け穴は、わしらも使わせてもらうぞ」

「父上も？」

「そうよ。なあ、佳代さん」

老人の声に、佳代がうなずいた気配だった。

──なんてこった。

佐平次はあきれた。ゾウ野郎と佳代の夫ができていただけでなく、佳代とゾウ野郎のおやじまでが男女の仲になっていたのだ。

「それは許しませぬ！」

カン高い声は、佳代の夫のものだった。

「よいではないか。そのほうらも楽しんでおるのだから」

「そうはいかぬ。佳代はわたしの嫁」

「じゃが、嫁として扱ってはおるまい」

老人の声はふてぶてしい。

「そんなことは、あなたに言われる筋合いではない」

「そうかな、佳代さん」

「佳代。そのような爺《じじ》ぃに寄り添うな」

「ほら、佳代さんはこんなにうっとりしておる。そのほうは、こんな佳代さんの表情を見たことはあるまい」

「おのれ、爺ぃ！」

佳代の夫の悲鳴のような声がした。

激しい動きがあった気配があり、ついで沈黙がやってきた。一同、呆然《ぼうぜん》となっているらしい。

「ジョフウさまっ」

佳代が泣き叫んでいる。ジョフウとは如風とでも書くのか。その老人に、佳代の夫が、刀でも抜いて斬りつけたかしたらしい。いざとなったら夫婦愛が目覚めたのか。

「安井。父上になんということを……」

ダミ声はゾウ野郎のものだ。

「爺ぃがあまりにも無礼なので」

佳代の夫が小さな声で弁明した。

「無礼と申したか。わしの父だぞ。父を斬るなどとは許せぬ！」

「あっ」

今度はゾウ野郎が刀を抜いて、佳代の夫を斬ったらしい。バッサリ肉を断つ音がし、血しぶきが撒《ま》き散らされた。

「お前さま！」

佳代の声だ。取りすがったようだが、安井の返事はない。

「安井。すまぬ。許せ！」

ダミ声である。自分がしてしまったことに驚いているらしい。

「もう終わりですね。やっぱり、武家の妻になど金輪際なるもんじゃない。あたしゃ、元の料理屋の仲居にもどらしてもらう……」

佳代はかなり激怒した調子でそう言って、

「これもすべて、あんたの変態好みから出たことじゃないか！　えいっ！」

ブスリという音がした。佳代がゾウ野郎に突きかかったらしい。

「おのれ、よくも……」

ゾウ野郎の苦しげな呻《うめ》きがあがった。

誰かが飛び出していく。佳代にちがいあるまい。

佐平次は慎重にようすを確かめてから、上にのぼった。とばっちりは御免である。

三人の男の死体があった。

状況も佐平次が穴の下で思い描いたとおりだった。

ゾウ野郎の父である如風が、佳代の夫の安井に斬られ、その安井を愛人でもあったゾウ野郎が斬り、そしてそのゾウ野郎を佳代が如風のものらしい短刀で、わき腹を一突きしていた。

「なんということだ……」

佐平次は大急ぎで、このおぞましい家を立ち去った。

安井家にあった三人の死骸《しがい》は、山田浅右衛門の通報によって発見された。

浅右衛門はすぐに幻聴らしきものも消え、精神の平和を取り戻したようだった。

そのうち、近くからおなじみの臭《にお》い、すなわち人間の遺体が発する臭気が流れてくることに気づいたのである。

「ここいらに死骸が転がっているぞ。町方の者にでも当たらせよ」

町家のほうには怪しい事態はなく、安井家のほうを目付が探索して、三人の遺骸を見つけたのだった。

すぐに、いなくなった安井の妻女が怪しいということになった。妻女の佳代は、前に働いていた料理屋にもどっていて、問い詰められると素直に殺害を自供した。

刑もすぐに確定した。

斬罪が言いわたされた。

刑の執行は、もちろん山田浅右衛門がおこなった。

浅右衛門は、佳代の横に立ったとき、隣家の妻女と気がついたかどうか。

「南、無、阿、弥、陀、仏」

刀を構えるとき、浅右衛門はそう小さく言った。はじめてのことであり、以来、必ず仏の名をつぶやくようになったという。

佐平次は、結局、安井佳代から抜け穴の代金を取りそこねた。

手付け金の五両はもらっていたが、今度の仕事を手伝ってくれた、刑吏の手下たちと、御免屋とお面屋への礼金で消えた。

「まあ、いいか。あの泣く子も黙る山田浅右衛門の足元に抜け穴を掘ったのだからな」

満足をもたらすのは、代金よりもやり甲斐というやつである。

「穴屋さん。おひさしぶりだね」

お巳よが顔を出した。

「おう、お巳よちゃん。もどったかい」

今度の仕事では、男女の色恋の奇妙さをつくづく味わった。たしか、お巳よが旅立つ夜に、そんな話をしていた気がする。

「そういや、お巳よちゃんに珍しいヘビを見せようと思ってたんだが、餌をやるのを忘れたら、死んでしまったよ」

火鉢に入れておいたヘビを見せた。

「穴屋さん、こ、これは、どこで……」

お巳よが目を剥いた。

「どこでって、千代田城のお濠の向こうから泳いできたのをとっ捕まえたのさ」

「ううっ、お濠の向こう……」

なにせ将軍さまのお住まい、町人たちは入れるはずがない。

「吹上の森には変な獣や虫が棲息《せいそく》してて、こんなヘビもいるらしいぜ」

「そんな……あたしは、このヘビを探しに備前くんだりまで行ったんだよ。結局、捕まえられなかったけどさ」

「そうか。惜しかったな。それにしても、このヘビは哭くんだね」

「えっ、聞いたの？　哭いた声を？」

お巳よは涎《よだれ》がこぼれそうなほど羨《うらや》ましそうな顔をした。

「ああ」

「なんて哭いたの？　教えておくれ」

「びびぃぃぃーん、て」

「嘘でしょ。そんな変な声、嘘よね。ねっ、ねえってば」

お巳よは本当の話を聞きたくて首を絞めあげてくる。

「あれ、どうだったかなあ」

佐平次という男は冗談なのか本気なのか、よくわからないときがあるのだった。

第五話　殺《や》ったのは写楽だ

一

花の香りをふくんだ春風が、長屋の路地から入ってきて、井戸端のあたりをすいーっと撫《な》でると、上の空へと抜けていく。空は気持ちよく晴れわたり、ひばりの囀《さえず》りも聞こえている。

穴屋の佐平次《さへいじ》は、縁側に足を投げ出して、朝飯をすませてからずっと、うつらうつらしている。

それでも、春風といっしょに入ってきた誰かが、佐平次の家の戸口の前に立ち、しばらく佇《たたず》んでいる音と気配には気づいていた。

その誰かは、戸口にぶらさがった看板を眺めているにちがいない。看板には、

とあり、そのわきに小さく、

〈どんな穴でも開けます　開けぬのは財布の底の穴だけ〉

と付け加えてある。

佐平次は大きいところでは金山の坑道のようなものから、小さいのは針の穴のようなものまで、どんな穴でも開ける。穴開け職人――おそらくは広い江戸にも佐平次しかいない、いっぷう変わった商売であった。

「御免なさいよ」

柔らかいおとないの声がして、佐平次は顔をあげる。

「へい、いらっしゃい」

期待とともに返事をする。今度はどんな依頼が舞い込んできたのか……。

「内密にお願いしたいことがありましてな」

依頼人は年老いた武士である。

七十はゆうに越しているか。刀は差していても、大店《おおだな》の隠居のような風情《ふぜい》である。にこやかな笑みも浮かべていた。

「まずはお名前をうかがいましょうか」

危ない仕事なら、身元をはっきりさせてもらわなければならない。

「大田南畝《おおたなんぽ》と申しましてな……」

「はて。聞いたことがあるような、ないような」

佐平次が首をかしげると、

「蜀山人《しょくさんじん》と名乗ったほうが……」

「あっ」

思わず居ずまいを正した。

江戸文壇の大御所である。三十五歳のときに四方赤良《よものあから》の筆名で出した『萬載狂歌集』が認められ、その名を天下に広めた。他にも数々の筆名を持つが、どれも皆、有名である。寛政の改革を痛烈に皮肉った狂歌、

世の中にか（蚊）ほどうるさきものはなし
ぶんぶ（文武）といふて夜も寝られず

は、じつは南畝の作であったともいわれている。

「それで、蜀山人先生はどんな穴を掘らしたいんで」

「墓穴《はかあな》を掘ってもらいたいのさ」

この答えに佐平次は思わず顔をしかめた。

「墓穴ですかい。そいつは他の人夫にでも頼んだほうがいいですぜ。あっしがやれば、そこらの人夫の十倍、いや百倍ものおあしをいただくことになっちまう」

すると大田南畝は、狂歌や川柳の作者らしくない悲しげな顔になって、

「金のことはよいのだ。そこらの人夫にやれる仕事ではない。その墓穴に入るのは、このわし。つまり、死んだ人間を入れる墓穴ではなく、生きた人間が入る墓穴を掘ってもらいたいのよ……」

といったのである。

大田南畝はよろよろした足取りで路地を出ていった。生きているうちに無理して墓などに入らなくとも、あと二、三年もすれば、いやがおうでも埋められてしまいそうだった。

佐平次は後をつけることにした。

これはいつものことである。依頼人の何割かは、必ず押し込みや泥棒の手伝いだったりする。そんな悪事に手を貸さないためにも、氏素性《うじすじょう》を確認する必要があった。

南畝は永代橋のたもとまで来ると、駕籠《かご》をひろった。

駕籠のほうがむしろ後をつけやすい。あまり遅いと、つい近づきすぎて、相手が振り向いた拍子に顔を合わせてしまったりする。

――それにしても、ずいぶんと呆《あき》れたことを考えたもんだぜ。

小走りに後を追いながら、佐平次は苦笑する。

生きたまま墓に入る理由は、さっき聞いた。つい十日ほど前に、書斎に置いていたネタ帳が盗まれたのだという。

「もう三十年ほど、思いついたことを書きつけてきた帳面だ。自分でも忘れている素晴らしい思いつきもいっぱいある。滑稽本《こっけいぼん》でも芝居でも、あるいは狂歌川柳まで、その思いつきからふくらんでいくのだ」

そんなものを盗んでいったい何の役に立つのか。

「別の商売の者にとってはチリ紙にしかなるまい。だが、何か書きたいと思っている者にとっては、金山のようなものだ」

ということは……。

盗んだのは戯作者《げさくしゃ》の誰かなのか。

「まちがいない。わしの家には始終、戯作者たちが出入りしておる。盗もうと思えば、苦もなくできる。わしは、自分が死んだあと、誰かがあのネタ帳から戯作を創り出していくかと思うと悔しくてたまらんのだ……！」

そこで自分の葬儀という狂言を打ち、さらにある企《たくら》みでもって、盗んだヤツを炙《あぶ》り出そうという魂胆なのだった。

前をいく駕籠は、やがて神田川沿いの道に出た。

急な坂道になっている。たしかここは淡路坂と呼ばれているはずだった。

坂をのぼりきる手前で駕籠は止まった。大田南畝は這《は》うように外へ出てくると、道の左側の屋敷に入っていった。

佐平次は、塀のそばに立ち、中を窺《うかが》う。

三百坪ほどはあるか。上からはみ出した庭木も立派なもので、どことなく瀟洒《しょうしゃ》な風情も感じられる屋敷だった。

ちょうど通りかかった豆腐屋に声をかけた。

「この屋敷にお住まいのかたは……？」

「ここは、あの有名な蜀山人、またの名を寝惚《ねぼけ》先生こと大田南畝さまのお屋敷だよ」

素性に偽りはなかった。

だが、さっきの依頼は、江戸文壇の大御所にしてはあざとい悪戯《いたずら》のような気がする。

だいいちやってくる者を見張るだけなら、墓の外で隠れていればいいではないか。それをわざわざ墓に入るというあたりが、戯作者魂というやつなのかも知れなかった。

——こんなことをすると、ろくでもないことが起きそうだぜ……。

佐平次は嫌な予感がした。

二

大田南畝は足元こそおぼつかないものの、倒れるその日まで元気だった。人形町で芝居を観て、屋敷にもどって夕食を取った。

その直後である。

すっと横に倒れると、家の者がいくら声をかけても起きなくなってしまった。かすかに鼾《いびき》をかいている。

近所の医者を呼んでくると、

「典型といってもいいような卒中ですな」

と即座に診断した。

結局、目覚めることはなく、翌々日に鼾の音がふっと途切れた。

「ご臨終です」

報《しら》せを聞いて駆けつけていた戯作者たちのあいだから、悲痛な嗚咽《おえつ》が洩《も》れた。

辞世の歌が準備されていた。ちゃんと季節まで符合していた。

ほととぎす　鳴きつるかた身初鰹《はつがつお》
春と夏との　入相《いりあい》のかね

「できるだけひっそりとお別れしたい」

との遺言があったものだから、静かに通夜をすませた。

佐平次はそんな一部始終を、大田家の床下からのぞき見ていた。

弔問客が帰ったあと、床下から柩《ひつぎ》の下へもぐりこんで、

「先生、しめやかないい葬式だったじゃねえですか」

といった。まんざらお世辞でもない。

やってきた者は皆、心から南畝の遺徳をしのんでいるようだった。

「うむ。あんなに悲しんでくれた。これでは出るに出られなくなってしまった。あとはネタ帳を盗んだやつさえ懲《こ》らしめたら、このまま死んでしまってもいいくらいだ」

南畝は馬鹿げた狂言を後悔しはじめているようでもあった。

翌日、小石川原町の本念寺において葬儀がいとなまれ、夕刻になって、墓地に埋葬ということになった。

柩の中には、未完に終わったという草稿がたくさん入れられた。通夜のときから、枕元にこれ見よがしに積んであったものである。

「故人はあの世でしあげるから、かならず棺桶に入れてくれと言い残しましたので」

と家人が列席者に説明した。

これが南畝の企みである。すなわち、ネタ帳を盗んだようなヤツは、ふたたびこの書きかけを狙《ねら》って、墓を掘りおこすだろうと見込んだのである。佐平次はまさかと思ったが、戯作者連中の考えることはわからない。実際、

「惜しいですな。いただきたいくらいで」

と列席した何人かもいっていた。

佐平次のほうのしかけはできている。穴は昨夜《ゆうべ》のうちに掘っておいた。

寺の住職には、南畝が自分にもしものことがあったときは、佐平次に墓穴を掘らせるよう頼んでおいたのである。

空気穴は竹筒をつかって、二カ所に通した。花を活ける竹筒をよそおってあるので、

気づかれる心配はない。

大田家の墓の裏手はちょっとした崖《がけ》になっていて、石垣が組まれている。これはしかけには好都合で、石垣のひとつをはずせるようにして、ここから飯や飲み物を差し入れることにした。

面倒なのは、空気穴でも飯の差し入れ用の穴でもない。排泄《はいせつ》用、すなわち糞小便を始末する穴だった。狭い穴の中で、年寄りと、出した糞小便をいっしょにしておくのは、さすがにかわいそうである。

こちらは差し入れ用の穴のずっと下に竹筒を通して、中から水とともに流すようにした。これで糞小便は石垣の下の溝に流れることになる。水で流してしまうのだから、墓穴の中には臭《にお》いがこもることもなかった。

「なんとも立派な墓穴じゃな」

差し入れ用の穴から南畝の声がした。

「恐れ入ります」

「本番のときもこのような墓穴に入りたいものだ」

しらばくれた調子でいった。さすがに蜀山人だけあって、いうことが飄々《ひょうひょう》としているなと思ったら、

「いったい誰が、薄汚いこそ泥なのか。正体を見るのが楽しみだのう。ウッヒッヒ……」

嫌な笑いである。温厚そうな見かけからは、こうした意地悪な性《さが》は想像できない。やはり戯作者などという輩《やから》は、複雑でねじ曲がった性格なのだろう。

「いつぐらいにやってきますかね」

と、佐平次はあきれつつ訊《き》いた。

「向こうも腐った死体の臭いは嗅《か》ぎたくないだろうから、今日、明日には現れるはずだ」

南畝がそういうと、佐平次はすまなそうに告げた。

「あいにくだが先生、じつは急な仕事が入っちめえましてね。ずっと見張っているわけにはいかなくなったんでさあ」

「見張り？　そんなものは必要あるまい。おまえの仕事はすでに終わった」

「でも、柩を開けて、先生が生きているのを知ったら、ぐさりとやられないとも限りませんぜ」

それが佐平次の心配するところだった。自分の掘った穴の中で、その名も高き蜀山人が殺されたとあっては、明日からの寝覚めが悪い。

だが、当人はいっこうに平気である。

「なあに、他人の草稿をかっぱらうような情けないやつだ。わしがぎょろりと目を剝《む》いただけで、恐ろしさのあまりすっ飛んで逃げていくわい」

たしかに、そんな滑稽な光景も想像できたのではあるが……。

南畝はああいったけれど、佐平次は心配のあまり、夜中も二度ほど墓荒らしがこないかたしかめにいったほどだった。

翌日は、南畝にいったとおり仕事がある。どうにも心配で、昼間の見張り役をヘビ屋のお巳《み》よに頼んだ。同じ長屋に住み、ヘビならどんなヘビでも調達するという十七、八の娘である。

このところ、暇《ひま》だったらしく、

「穴屋のお兄さんの頼みだ。やってあげるよ」

と引き受けてくれ、誰か南畝の墓を掘り返すヤツがいたら、すぐに知らせてくれることになった。

だが、お巳よがやってくることはなかった。

現場は深川だったので、佐平次は仕事を終えると、いったん緑町の長屋にもどった。

お巳よもちょうどもどったところだった。

「どうだったい」

「誰も墓なんて掘り返しちゃいなかったよ」

「そうか……。うろうろしてるやつもいなかったかい？」

「見なかったねえ。あ……」

なにか思い出したらしい。

「どうしたい」

「ただ、二つ隣に新しい墓ができていて、そっちは墓穴が掘られていたよ」

「新しい墓か……」

往来で墓穴を掘っているやつがいたら怪しいが、墓場ではとくに不思議もない。

しかし、気になる。

「おいら、やっぱり行ってみてくるぜ」

「じゃ、あたしもいくよ」

お巳よもすぐに立ち上がる。責任を感じたらしい。こんなところはなかなか健気《けなげ》で、うさん臭いへビつかいには見えない。

深川から小石川へ。若い二人が急げば、半刻《はんとき》（約一時間）もかからない。

遅い春の日もようやく暮れようとしている。西の空が茜色《あかねいろ》に染まっていた。

本念寺の墓場はひっそり静かである。

「先生。大田先生」

崖側の穴から声をかけるが、返事がない。

こっちから掘っていけば、そう時間はかからない。だが、まだ多少の人通りはある。墓場の崖を掘っていたら、墓荒らしだと番屋に駆け込まれるのがオチである。

「穴屋さん。あたしにまかしとき」

お巳よはそういって、袂《たもと》から二尺ほどの白へビを取り出した。お巳よにとってヘビは商売物というだけでなく、愛玩動物でもある。つねにこうして一、二匹のヘビを持ち歩いている。

その白へビにやさしく声をかけた。

「さあ、蜀山人先生が無事かどうか、探ってきておくれ」

白へビはいったん穴の中に消えた。もどってきたとき、白へビの頭部は真っ赤に血で染まっていた。

「やっぱり、なんかあったようだね」

「これがいちばん心配だったのさ」

佐平次はイライラしながら、陽が落ちるのを待った。

ようやく人通りも絶えると……。

小さな明かりを灯《とも》し、もう一度、墓を掘り返していく。

「案の定だぜ……」

大田南畝は殺されていた。ふたつ隣の墓を掘り、横から南畝の墓をあばいたのだ。よほど驚いたらしく、書きかけの草稿もそのままだった。

柩のわきにこぶし大の石が落ちていた。

殺そうというほどの傷ではない。ぎょろりと目を剝いた亡霊に、思わず手元にあった石を投げつけでもしたのだろう。若者だったらコブをつくったくらいですんだかも知れない。現にしばらくは生きていたのだ。

なぜなら、大田南畝は額に流れる血で、柩のふたに指で文字を残していた。怒りのこもった乱れた文字で、

「しゃらくさい」と……。

「お巳よちゃんよ。これって人殺しなんだろうか？　人殺しなら町方へ届けなくちゃならねえぜ」

掘り起こした墓をもう一度、埋めもどしながら、佐平次は訊いた。

「そりゃあ人殺しだよ」

お巳よは薄気味悪そうな顔でこたえた。

だが、血のついた白ヘビを首に巻いて、墓場に立っているお巳よのほうが、南畝の遺体よりもっと気味が悪い。

「殺しには殺された人間が必要だぜ。誰が死んだんだい？」

「蜀山人先生だよ」

「でも、蜀山人は二日前にもう死んでいるんだ。じつは生きていたってことを知っているのはおいらだけだ。それで、町方にでも届けてみねえな。わけがわからなくなる」

「そりゃあ痛くもない腹、探られるね。だったら、穴屋のお兄さんもこんなことはうっちゃっておけばいいじゃないか」

「そりゃあ、まあ、そうだが……」

ここまで首を突っ込んでしまうと、どうにも気になるのだ。おそらくやったのは、ネタ帳を盗んだというヤツにちがいない。

「下手人のヤツは蜀山人先生から見たらよほど格下の人だったんだろうね」

と、お巳よが手習いの師匠のような顔になっていった。

「格下？」

「だって、そうだろ。しゃらくさいというのは、おまえがわしの草稿を盗むなんて、図々《ずうずう》しいにもほどがある。わしの草稿を盗んでも誰もおまえが書いたなんて思いやしない。そういう気持ちをこめて、しゃらくさいと書き残したんじゃないのかい」

「なるほど。そういう取り方もできるのか」

佐平次はお巳よの推測に感心した。

もしかしたら戯作者のふざけた屋号じゃないかと、ちらりと思ったのだ。

屋号だったらなおさらだが、格下の戯作者であっても、葬式のときの芳名帳から当たりをつけられるだろう。

だからといって、大田家に行き、芳名帳を見せてくれといっても、そう簡単に見せてもらえるわけはない。この前、床下に忍びこんだように、そっと家の中をあさることもできないではないが、万が一、見つかりでもしたら大変な騒ぎになる。

どうしたものかと智慧《ちえ》をしぼるうち、

「そうか、あの手があるか」

と、ぽんと手を打った。

その夜もすっかり更けたころ……。

町廻りの同心・尾形清十郎《おがたせいじゅうろう》が歩いていた。

お供をしているのは、なんと岡っ引きに扮《ふん》した佐平次ではないか。

尾形清十郎と佐平次は南畝の屋敷にやってきた。

当然、喪中である。

佐平次はいちおう神妙な顔つきで、玄関口をくぐり、来意を告げた。

「じつはこの駿河台から神田にかけて、このところ香典泥棒が出没しておりましてね。どうも、こちらの先生の葬式のときに、下手人らしき男を見かけたというものがおりましてね。ねえ、尾形の旦那」

尾形が不機嫌そうな顔でうなずいた。この男はいつも、こんなぶすっとした顔をしている。神田界隈《かいわい》で、〈ぶすっと清十郎〉といえば、知らない者はいない有名人だった。

「それで、葬式のときの芳名帳に書かれた名前を写させてもらおうと思いましてね」

「まあ、そういうことならよろしゅうございますとも」

嫁御らしき女が、いったん奥にいき、芳名帳を持ってもどってきた。

江戸文壇の大御所だけあって、さすがに弔問客は多い。持ってきた帳面の厚さを見て、書き写す気力をなくした。

「こんなにいましたかい」

「ええ。ざっと五百人ほど」

ぱらぱらとめくる。

「この中で、南畝先生のお弟子さんのような人たちや、滑稽本や狂歌なんかを書きたいってやつは、どれくらいいるんでしょう。というのも、その香典泥棒はふつうの町人の葬儀にはあまり現れずに、戯作者の葬儀によくやってくるらしいんです。それで、もしかしたら、駆け出しの戯作者かな、なんて思ってもいるんですが。ねえ、尾形の旦那」

振り向くと、尾形清十郎は、またもぶすっとうなずいた。

「ああ、それでしたら、そのうちの三百人ほどがそうですよ。なにせ、お父さまの才能を慕ってやってくる方の多さといったら。じつはわたしにしてからも、主人の嫁にくるよりもお父さまのそばにいたいという気持ちでここに来たようなものですから。うふふ」

おいおい、うふふかよ、と佐平次は思った。ちょっととぼけた嫁御らしい。

「三百人もいるんですかい。それじゃ、もうひとつ。お弟子さんや駆け出しの戯作者のなかに、しゃらくさいという屋号をつかっている人は？」

「しゃらくさい……存じあげませんねえ」

「わかりました。ご面倒をおかけしました」

「あら、書き写すのでは」

「いや。こんなに多いんじゃ当たるのも大変でさあ。もっと、弔問客の少ない葬儀を当たることにしました」

佐平次はすでに諦《あきら》めていた。

門を出ると、ぶすっと清十郎がいままでの無口は嘘のようにしゃべり出した。

「おいおい、穴屋の兄さんよ。何をしようとしてるのかは知らないが、どうやら、無駄足だったようだね」

「いいってことよ。これで諦めもついたってものさ」

穴掘りの賃金はすでにもらっている。大枚二十両をはずんでくれた。それは下手人をあばいてやれば、よい供養にはなるだろう。だが、できないものは仕方がない。岡っ引きではない、穴屋なのである。

「それじゃあ、これであっしの仕事も終わりだな」

そういって、尾形清十郎はかぱりと顔をはずした。ぶすっと清十郎は、同じ長屋の住人であるお面屋次郎吉が化けていたのだった。

三

それから三日ほど経《た》ってからである。

佐平次は道具の買い物をするついでに、両国橋のたもとを歩いていた。江戸いちばんの盛り場で、ハチの巣に入りこんだようなにぎわいである。

ひとつ通りを入ったところで、どこかで聞いた声が耳に飛び込んできた。

「これはうめえ。てえしたもんだ。いい味、出したもんだねえ」

見ると新しいうなぎ屋ができている。『泥へい』という看板も真新しい。

——あいつだ……。

佐平次は思い出した。

たしか去年の暮れである。佐平次の住む長兵衛長屋に空きが出て、店子《たなこ》を募集したところ、

「うまい屋の蝶吉」

と名乗る男が入居したいとやってきたのである。ちょうど、長屋の差配をしているお面屋の家に、佐平次とお巳よが遊びにいっていたときだった。

長兵衛長屋の住人は皆、いっぷう変わった商売を営んでいる。これは大家の好みでもあるらしい。そんな住人たちでさえ顔を見合わせたほど、うまい屋は変わった商売だった。

「うまい屋とは、どういう商売なんで？」

差配のお面屋次郎吉が訊いた。

「はい。あっしのはうまいものをほめるという商売なんでさあ」

「なんだ、そりゃ？　変な商売もあったもんだぜ」

と佐平次が呆れた。

「穴屋のお兄さんにいわれちゃしょうがないね」

お巳よがくすりと笑った。

「たとえば天ぷら屋が新しく店を開いたとしますぜ。だが、江戸の連中は口がおごっている。ただ、開店しただけじゃあ、なかなか入ってくれない。そのうち資金ぐりも苦しくなる。そんなときこそ、あっしの出番です」

「ははあ」

「その店に入り、外から見えるところで、いかにもうまそうに食ってみせる。大きな声で、こりゃあうめえやと叫ぶ。店を出たなら、こんなにうめえ天ぷら屋は江戸に二つとあるめえと聞こえよがしにいう。これを十日ほどつづけてみると、たちまち店は大入り満員。あっしの商売もそれで一区切りってわけ」

「なぁんだ。そんなことならあたしでもできるよ」

　お巳よが遠慮なしにいった。

「そこが素人《しろうと》のあさはかなところ。じゃあ、いいですかい。あっしが、そこに残っているそばを食ってみせますぜ」

　うまい屋蝶吉は、お面屋の戸口に置いてあったそばを指さした。

「それはやめたほうがいい。出前してもらったはいいが、食いっぱぐれてのびちまったそばだ」

　と、お面屋が止めるのも聞かず、箸《はし》でつまんだそばをつゆにつけ、ずずっとすすりこんだ。その音といい、表情といい、じつにうまそうである。とても、のびきったそばとは思えない。

「なるほど、てえしたもんだ」

「これは真似《まね》ができないね」

お巳よもすっかり感心し、

「食べて吹聴《ふいちょう》してまわるだけだなんて、ずいぶんいい商売だねえ！」

と、ため息とともにいったものである。

ただし、うまい屋は結局、長兵衛長屋の住人にはなれなかった。空くはずだった家が空かないことになり、うまい屋は同じ深川だが隣町に引っ越すことになったのだった。

あのうまい屋蝶吉が、この店で例の商売をたのまれたらしい。

たしかに、あの声を聞いたら、食ってみようかなという気になってしまう。

腹も減っていたので、佐平次はついふらりと中に入ってしまった。

「あれ、あんたはたしか、長兵衛長屋の穴屋さんじゃないかい」

うまい屋は佐平次を覚えていたらしい。すぐに声をかけてきた。

「こっちへ来るがいいや。こんなにうめえうな重をひとりで食うなんてもったいねえ」

うまい屋には連れがいる。ほかに二人が同席していた。

「ほら、前に話したことがある、穴ならどんな穴でも開けるという兄さんですよ」

と佐平次を紹介した。

「ほぉ〜っ」

と、二人が好奇心をくすぐられたのが表情からわかった。

「どうぞ、どうぞ、穴屋さん、ご遠慮なく」

佐平次も座敷にあがってあぐらをかいた。

「穴屋さん、こちらは驚いちゃだめだよ、あの『東海道中膝栗毛』で有名な十返舎一《じっぺんしゃいっ》九《く》先生だ」

「あっ、これは」

当然、大田南畝の葬儀にもきていたのだろうが、なにせ人数が多すぎて、顔は覚えていない。

弥次さん喜多さんの滑稽話は、もちろん佐平次も読んだことがある。

だが、一九の風貌《ふうぼう》は、作風とはまるでちがう。青白い顔のおとなしそうな男である。

佐平次と目があうと急いで視線をそらし、静かに頭をさげた。

「それとこちらのお若い方は、神田雉子《きじ》町にお住まいの江戸の草分け名主・斎藤市左衛門さんのご子息で、鉞三郎《えつさぶろう》さん。月岑《げっしん》という号もおありで、そのうち有名になるはずだよ」

斎藤月岑はやがて『江戸名所図会《ずえ》』や『東都歳事記』を書いて、後世に貴重な資料を残すことになる。こちらは一九とちがって、やたらとにこにこして愛想がいい。

「噂《うわさ》は聞いておりましたよ。変わったご商売だが、素晴らしい腕をお持ちだそうで」

ひとしきり穴屋の仕事について解説させられているうち、頼んだうな重がやってきた。

さっそく箸をつける。

「ん……」

どうしたわけか、うまい屋が大声で褒めていたほどではない。

うまい屋が気まずそうな顔で佐平次を見て、

「穴屋さん、うまいものってのは色でわかるのです。うな重ならばタレの色を見る。その色からうなぎの脂《あぶら》ののり具合やら、しょうゆやみりんの割合やら、料理人のかけた手間ひままで全部わかります」

「へえ」

わかる気がする。佐平次もまた、人並み外れた聴覚で、穴をあける対象の材質からゆがみや固さなどを判断できるからだ。

そういわれてこのうな重を見ると、あまりいい色ではない。

──なるほど、うまい屋ならまずくても褒めなくちゃならないのか……。

どんな商売も楽ではないと思いながら、もう一口放り込む。山椒《さんしょう》が喉にしみた。

目を白黒させていると、

「どうしましたか、写楽《しゃらく》の大首絵のような顔をなさって」

と、斎藤月岑がいった。

佐平次はお茶をごくりと飲んで、山椒を流し込むと、

「いま、なんとおっしゃいました？」

と、かすれた声で訊いた。

「え。写楽の大首絵のようだと……」

「写楽というのは？」

「東洲斎《とうしゅうさい》写楽のことですよ。三十年ほど前の絵師ですが」

佐平次は、南畝が死ぬ前に書き残した言葉を思い出した。しゃらくさい……。

「東洲斎写楽……もしかして、しゃらくさいの洒落《しゃれ》でしょうか」

「そうですよ。ねえ、十返舎の先生」

斎藤月岑はからかうような顔で一九を見た。

「だろうな」

一九が青白い顔でうつむいてそういうと、

「やつの話はやめておこうぜ。写楽は死んだ男なんだから」

うまい屋が困ったような顔でいった。

「ふうむ……」

佐平次の胸が高鳴り出した。もしかしたら大きな幸運にぶち当たったのか？

三十年前の絵師といったが、やはり死んでいるのか？

それ以上、訊くのは気がひける感じである。

ふと、うまい屋の足元を見ると、足の先を怪我したのか、包帯がまかれてある。

「足、どうかしたのかい？」

「なあに、頼まれて土を掘ってたら、鍬《くわ》で傷つけちまったのさ。慣れないことはするもんじゃない。穴掘りは穴屋さんにまかせりゃよかった」

うまい屋が酒をあおりながらそういうと、

「おい。くだらぬ話はそれまでだ」

一九はぎろりとうまい屋を見ていった。

うまい屋は小さくなる。

いたたまれないような雰囲気《ふんいき》である。

三人は佐平次に対して、高い壁をつくったようだった。

「じゃあ、あっしは急ぎますので」

佐平次は一足先にうなぎ屋を出ることにした。


「写楽だって」

葛飾北斎の視線に、佐平次はたじろいだ。つねに離さない絵筆をわきに置いたところを見ると、よほど驚いたらしい。

浮世絵師の北斎とは、以前、仕事を頼まれたのがきっかけで懇意になった。北斎は特異な能力を持つ男を好み、佐平次もその眼鏡にかなったのだ。

写楽のことが気になると、そうだ、北斎に訊いてみようと足を運んできたのである。

「ご存じなので」

「いや。当人は知らねえ。だが、やつの絵は見た。食い入るように見た。もう、三十年も前のことだ」

「亡くなったそうですね？」

「知らん。急に世に出て、あっという間に消えていった。天才だった。おれも天才だが、あいつも天才だった。だが、ヤツの才を見抜ける人間が少なすぎた。写楽は本当は北斎だろうなどとぬかしたやつもいた。あいにくだが、おれじゃない」

「誰か、写楽のことを知っている人は？」

「さて、どうかな。もちろん版元の蔦屋《つたや》は知っていただろうが、すでに死んだ。山東《さんとう》京伝《きょうでん》あたりも知っていただろうが、あれも死んだ。あ、いた。大田南畝。蜀山人なら、あの世界のことにも詳しかろうに」

「ご存じなかったんですか。蜀山人先生は、四、五日ほど前にお亡くなりになりました」

北斎は同業者とはほとんど付き合いがない。だいたいが引っ越しばかりしているので、人付き合いの暇もない。知らせても葬儀になど行くはずもないので、知らせる者もいなかったのだろう。

「そうだったのか。あとは知らない。ところで、おめえ、なんでいまごろ、三十年も前に消えた写楽の名前なんか持ち出したんでえ」

「えっ……」

北斎はさすがに鋭い。佐平次の心にある気がかりまでも見破っている。

佐平次は北斎に事情を語ることにした。

「葬式の狂言かい。蜀山人もくだらねえことをしたもんだぜ。半端なネタを死後に完成してもらえたら、戯作者として本望じゃねえか」

偏屈《へんくつ》そうにも見えるが、北斎のほうが大田南畝より人間として大きいのではないか。

「それで、蜀山人は何者かに殺され、いまわのきわに〈しゃらくさい〉と下手人の名を記したってかい。ふうむ」

北斎も興味を持ったらしい。

「ちょっと、待て」

後ろの戸棚から写楽の絵を引っ張り出した。大首絵が四枚、歌舞伎の細版が一枚、相撲絵《すもうえ》が一枚である。

「やっぱり、取ってあったぜ」

「これが写楽ですかい……」

大首絵の異様な迫力に息を飲んだ。

いわゆる役者絵とはまるでちがう。厚化粧の裏に本物の人間、いや胸のうちの本心までが透けて見える絵だった。年間にこなす夜の勤めの回数や、思い出したように熱中する健康法までうかがえる筆致だった。北斎が天才と評したのもうなずける。

「待てよ……」

北斎は六枚の絵を見比べはじめた。

「どうなさったんで」

「ううむ。初期のこの色合い、独特の色づかいが、その後は消えてしまっている。あるいは、諧謔《かいぎゃく》と揶揄《やゆ》の精神もない……」

「どういうことで？」

北斎はしばらく腕組みして考えこみ、

「そうか……写楽は一人じゃねえな」

と、ぽつりといった。

北斎が語ってくれたところによると……。

写楽が活躍したのは、一年足らずという短い期間だという。幾度かにわけて出版されたのだが、その時期によって作風にちがいがあるらしい。そのあたりは、北斎の目だからこそ見破れるのだろう。

「何人かが智慧をしぼったんだよ。その組み合わせが変わると、画風も変わる」

「そうですか、合作ですか」

いわれて見れば、写楽という絵師の顔はいくつか混じりあっているような気がした。

「むろん、その中心には蔦屋がいたにちがいねえんだが……ところで、おめえ、〈しゃらくさい〉というのがなぜ、東洲斎写楽のことだとわかったんでえ」

「それは……」

次に、両国橋の近くにできたうなぎ屋で、たまたま十返舎一九らと同席したときのことを話した。写楽の名が話題にのぼったら、急に雰囲気が気まずくなったこと。うまい屋の足の怪我のこと……。

「そんなことから、あいつらがこの件に何か関わっているような気がしましてね」

「なるほど、一九かい……。そういえば、一九は昔、絵師だったんだぜ」

「えっ」

それは驚きである。だが、山東京伝などもそうだったように、絵師から戯作者になった例は少なくない。

「ほかに誰がいたって？　斎藤月岑ねえ。それとうまい屋蝶吉という男か。斎藤月岑てえのは、たしか江戸のさまざまな名所に関する絵図を出版しようと、江戸市中をずっと歩きまわってるんだ」

「とすると、うまい屋はその足がわりをつとめているのでしょうねえ」

うまい屋が見つけた本当にうまい店を、斎藤月岑が取り上げる。逆に、まずい店でも、月岑が紹介するからと、高い金をふんだくる……さまざまな儲け話につなげられそうである。

「うまい屋蝶吉ねえ……たしか、長喜という絵師もいて、蔦屋に出入りしてたような気がするなあ」

「長喜と蝶吉……似てますね」

「思い出した。栄松斎長喜《えいしょうさいちょうき》だ。それほど優れた絵師じゃねえが、色づかいのうめえ絵師だった」

佐平次はうまいものは色でわかると言った蝶吉の言葉を思い出した。

「それに一九の戯作者としての人の見方が入り、蔦屋の商才が加われば、あるいは写楽が生まれてもおかしくはねえぞ……」

「そうか。蜀山人からネタ帳を盗んだのは、十返舎一九だった。だが、顔を見たのが一九のほうだったら、おそらく、蜀山人は世に知られた一九の名を書き残しただろう。〈しゃらくさい〉と書いたのは、写楽のかたわれの蝶吉だったからだ」

といって、佐平次はうかがいを立てるように北斎を見た。

「なるほど。うまい屋は足を怪我していたそうだしな」

と、北斎もうなずいている。

ただ、斎藤月岑だけは若すぎて、三十年前には生まれていない。

だが、あの三人には密接なつながりや後ろめたいことがあるのは間違いない。

――月岑の役割は……。

佐平次はそこだけがすっきりしない。

四

本念寺の大田南畝の墓あたりで、夜な夜な不思議な明かりがちらちらする。

しかも、恨めしそうな声で、

「しゃらくにやられた」

といったとか。緑町の長兵衛長屋に住むお巳よという娘は、その声をはっきり聞いたのだそうだ……。

そんな噂が本所界隈でとりざたされていた。

ばらまいたのはもちろん、ヘビ屋のお巳よである。

翌日の朝には、うまい屋蝶吉がお巳よのところにやってきて、噂の真偽について訊きただしていった。

「引っかかったようだな。早ければ今夜あたり動くぜ」

佐平次とお巳よは、ほくそ笑んだ。

蝶吉が動いたのは、夜の五つごろ（およそ八時）である。

佐平次とお巳よはそっと後をつける。

深川から永代橋を渡ったあたりで、十返舎一九と斎藤月岑が加わった。

――まちがいねえ……。

悪事を犯した者のつねで、たしかめずにはいられなくなったのだ。

小石川の本念寺にやってきた。

この夜は満月に近い。だが、風が強く、あたりの木々がひゅうひゅうと鳴って、凄《せい》愴《そう》の気配もただよっていた。

一九たち三人は、おびえながら、南畝の墓のあたりをのぞきこんでいる。

「なんともねえようだぜ」

歯をカチカチ鳴らしながら一九がいった。

「おふた方ともびくびくしすぎですよ。だいたい、あんなことになったのも、蜀山人先生の自業自得なんだから」

意外に若い斎藤月岑がいちばん肝が据わっているようだ。

「やっぱりあれは、亡霊じゃなくて、生きていたんだろうね」

と、うまい屋がいうと、

「そりゃあ、そうです。きっと狂言でもって、ネタ帳を盗んだヤツを炙り出そうとでもしたのでしょう。いかにも南畝先生らしい趣向ですよ。それをうまい屋さんが恐ろしさのあまり、ガツンとやっちゃったから……」

月岑は冷静に推測したようだ。

「だって、殺そうなんてつもりはなかったんだ。てっきり、幽霊だと……」

うまい屋が泣きそうな声でいった。

そのときである。

南畝の墓石がボーッと光った。

「ひっ」

一九がへなへなと、しゃがみこみそうになった。

「これはいったい……」

月岑が何度も目をこすり、うまい屋が隣の墓石の陰に隠れた。

ボーッとした明かりが次第に収縮する。

字が墓石に浮かびあがってきた。

殺《や》ったのは、写楽だ

原理を知っていればそう難しくはない幻灯のわざである。

だが、三人にそんなことはわかるべくもない。

「こ、今度こそ、本物の幽霊かい……」

三人はすっかり震えあがってしまい、腰を抜かすやら、後ずさりするやら。

「写楽だって。ちがう、南畝先生。わたしはそんな乱暴はしない。写楽の一部です。やったのは、栄松斎長喜です」

一九はうまい屋を指さすばかりである。

「冗談じゃねえ。最初に一九先生が、蜀山人先生のネタ帳なんぞをかっぱらうからいけねえんだ。『膝栗毛』で才能を使い果たしちまったもんで。あっしは、一九先生への長年の恩義にこたえただけじゃないか」

罪のなすり合いがはじまった。

すると、墓石の下あたりからかすかな声がした。

「月岑、おぬしはなぜ、二人とつるんでおる？」

「わ、わたしは、江戸の名物を食べ歩くのにごいっしょしてるだけでして。タダの飯を食いすぎて、悪い縁も切りにくくなってしまいました。だが、二人にはこんな馬鹿なことはやめるよう忠告したのですが」

必死で言い訳をする。

「嘘をつけ、ネタ探しのためのタダ飯を食うために、一九先生の名声を利用したり、うまい屋なんて商売をでっちあげたりしたのも、おまえじゃねえか」

うまい屋が月岑の胸ぐらをつかんだ。

このままいくと、仲間割れが高じて、新しい死人が出そうである。

佐平次は裏手の崖下から、竹筒に口をあてたままいった。

「おまえらの魂胆はわかった。今度こそはわしも成仏してやる。さっさと立ち去りやがれっ！」

そばにいるお巳よは、吹き出しそうになるのを必死でこらえている。

「ひっ、ご勘弁を！」

三人は這《は》いつくばるようにして、墓場から逃げ出していった。

「はっはっは、やっぱりそうだったか。それで、奴らを町方に突き出そうというつもりかい」

と、北斎が佐平次に訊いた。

昨夜のできごとを北斎に報告にきたのだった。

「いや。そんなことしたって、あっしには一文の得にもならねえ。だいいち、あれを殺しといえるかどうか。墓穴に入っていた爺さまが、いきなりぎょろりと目を剝いた日には、誰だって石ころでそいつの頭を叩《たた》くことくらいやりかねませんぜ」

「そりゃあそうだ。蜀山人の自業自得だな」

「しかも、連中は反省もしたようですし」

今朝、早速、大田家に十返舎一九がやってきて、

「以前、資料をお借りしたときに、どうやらまちがえてこんなものを持って来てしまったようでして」

と、ネタ帳を返していったという。

さらに長喜との連名で、江戸でいちばんうまいと評判であり、南畝の好物でもあった羊羹《ようかん》を供えていったそうだ。

「それから、うまい屋は生まれ故郷の房州にもどって、漁師をすることにしたと、長屋を出ていったそうです」

「お灸《きゅう》がきいたじゃねえか」

北斎は愉快げに笑った。

「でも、月岑あたりは、そのうち幽霊の正体にも疑問を持つようになるでしょう。あ

の男は、いつまでも騙《だま》されるほど馬鹿じゃねえような気がします。そのうち、南畝を殺したことを知っている者がこの世にいるってことに気づいて、不安でたまらなくなる。しかも、写楽の正体がわかったら、自分もかかわっていたのが知られてしまうのではないかと……あの男にとっては、写楽の正体はいつまでも謎《なぞ》のままであって欲しいでしょうね」

佐平次はそういって、眉をひそめた。

ちょっと脅かしすぎたかも知れない。

だが、それくらいの怯《おび》えた気持ちを持って生きるくらいのほうが、ああいう図々しい男にはちょうどいいような気もしてくるのだった。

「ところで穴屋、てえした推察だったな。おめえ、ほんとにただの穴の職人か」

北斎はずっと、佐平次の過去について、なにか納得できないものがあるらしい。

佐平次はいつものように、すっとぼけた顔でこたえるばかりだった。

「だから、前にもいいましたでしょ。あっしはただの穴屋でございますよ」

＊　＊　＊

ところで、天才絵師・東洲斎写楽の正体がなにゆえに謎とされるようになったのか。

それはひとえに、大田南畝著の『浮世絵類考』に斎藤月岑が、

「写楽は江戸八丁堀に住んだ阿波の能役者斎藤十郎兵衛である」

という書き込みをおこなったためである。

これで、写楽という絵師には、もうひとつの顔があるのだということになった。ところが、後の昭和の時代になって、研究者がこの斎藤十郎兵衛の存在を確認したところ、実在しないのではないかということになった。斎藤月岑の書き込みは、虚偽であったのである。

かくして、写楽とは誰かという謎がいっきに注目され、北斎説（由良哲次）、歌麿説（石ノ森章太郎）、山東京伝説（谷峯蔵）、司馬江漢説（福富太郎）、十返舎一九や栄松斎長喜らの共同制作説（宗谷真爾）……といったさまざまな説が飛びかいはじめたのだ。

だが、誰かというのもさることながら、問題はたしかに実在したはずの人間の正体がなぜわからなくなったのか……それこそが写楽にまつわる最大の謎とはいえないだろうか。

写楽の正体は斎藤月岑によって故意に消されたのである。

第六話　土が好き、穴が好き

一

「おっ。これは、なかなかいけるね」

「そうでしょうか」

「さすがだよ。穴屋さん。たいしたもんだ」

「まあ、そういっていただけると、やった甲斐もあるってもんで」

男ふたりが茹《ゆ》でたてのそばをすすっている。

穴屋の佐平次《さへいじ》と、日本橋の大店《おおだな》・能登屋《のとや》の若旦那である。この若旦那、当代きっての食通、大通人としても知られるそうだが、何を思ったのか、

「ちくわのように穴の開いたそばが食いたい」

と頼んできたのである。

穴ならどんな穴でも開けると看板を掲げる佐平次。酔狂な野郎もいたもんだと思いながらも、目を剝《む》くほどの手間賃につられてひきうけた。

取りかかってみたら意外に難儀した仕事だったが、どうにか完成し、味見がてらに現物をたしかめてもらっているところである。

「太さもちゃんとそばの太さだ」

「そこが苦労したところでして」

最初は竹串にそばを巻いたりしていたが、どうしても太くなってしまう。やはり、ふつうに打って、切ったそばに、細くて長い特製のキリであとから穴をあけたのだった。佐平次だからできる、神技のような穴である。

「穴があいてるだけに、つゆがよくからんでうまいよ」

若旦那はすっかりご満悦である。

「それに味だけじゃないよ。ときどき、そばを喉につまらせて死ぬ年寄りがいるじゃないか。穴があいていると、息ができて、助かることもあるんじゃないかい」

「なるほど」

とは言ったが、佐平次は馬鹿ばかしい。

「じゃあ、穴屋さん。約束の手間賃は置いていくよ」

約束の二十両を一両ずつ数えながら置いた。

若旦那はいまから吉原にいって、このそばを花魁《おいらん》たちにふるまうのだという。花魁もさぞかし首をかしげることだろう。いったい何が面白くてこんなことをするのかと。

酔狂な若旦那が喜んで帰っていったのとちょうど入れ代わりだった。

いかにも柄が悪く、うさん臭い二人組が、ここ本所緑町の長兵衛長屋にやって来て、

「おめえ、どんな穴でもあけるんだと？」

と、脅すように訊《き》いた。くぐもったようななまりがある。

「へえ。その看板に書いてあるとおりですぜ」

ふたりは、文字を読む目ではなく、風景を見る目で看板を見た。どうやら字が読めないらしい。

「おれたちは、野州に縄張りを持つ大柴田一家の俠客《きょうかく》で、バッテン兄弟といえば泣く子も黙るぜ」

顔がよく似ているので、本当の兄弟らしい。話すのは少し年上に見えるほうで、弟らしきほうは後ろでニヤニヤ笑っているばかりである。

「どうしてバッテン兄弟とおっしゃるんで」

想像はついたが、いちおう訊いた。

「それは知らねえ。世間の連中がそう言うだけのことさ」

やはり、頭の中身はよほど少ないらしい。

兄らしきほうは、顔に右の額から左の顎《あご》のところまで斜めに走る刀傷がある。弟らしきほうはその逆で左の額から右の顎に刀傷が走っている。兄弟の傷を合わせると、なるほどバッテンになるだろう。

佐平次はくすりと笑い、

「それでどんな穴を開けろとおっしゃるんで？」

「野州の桜町領というところまで来て、堤防を決壊させるような穴をいくつか掘ってもらいてえ」

言うことは物騒である。

「洪水が起きますぜ」

「洪水を起こしたいのよ」

「ははあ」

水争いでもこじれたのか。だが、百姓たちの水争いにしては、ずいぶん柄の悪い連中が出てきたものである。

「御法度に触れるようなことは……」

穴屋の商売でいちばん多い依頼は、のぞき穴である。これは場合によるが、引き受けないでもない。次に多いのが、盗人が侵入するための穴を掘ってくれというものである。

これは、どんなに大金を積まれようが、断ってきた。

この、堤防を決壊する穴というのも、ろくなものではあるまい。

「あいにくと、その仕事はお断りさせていただきます」

「なんだとぉ。おれたちの依頼を断るなんざ、いい度胸してやがるぜ」

兄がすごむと、弟は後ろで腕まくりして見せる。だが、佐平次は脅しなど気にもせず、

「さあ、断ったんだから、もう帰ってくんな」

と、兄を押し出すようにした。

「やいやい、たかが穴掘り人夫がでかい顔するんじゃねえよ」

いきなり顔を張ってきた。

佐平次はこれを胸をそらしてよけた。

「この野郎。おれたちにさからうのか」

つかみかかってきたが、佐平次はすばやく脇腹に当て身を入れた。

「兄貴。大丈夫か」

弟が力まかせに殴りかかってくるのを、左に身体《からだ》をよじって避け、首に手刀を叩《たた》きこんだ。

あっという間に、二人がくずれ落ちている。

佐平次は男たちの顔を数発ずつ張って目を覚まさせると、襟首をつかんで長屋の路地の先まで持っていき、道端に放り出した。

「おととい、来やがれぃ」


「おや、穴屋のお兄さん。いまから湯屋かい」

手拭《てぬぐ》い片手に長屋の路地を出たところで、ヘビ屋のお巳《み》よと会った。

「ひさしぶりに飲んだらごろ寝しちゃってさ」

大金の手間賃をもらったのでいい酒を買ったら、これがうまくてついつい飲みすぎてしまったのだ。

お巳よがなにか言いたげだったが、急いで湯屋に向かう。もうそろそろしまい湯である。

酔いが残っていて、足元が覚束《おぼつか》ない。

後ろからだった。いきなり首筋を殴られた。

「なんだ……」

振り向くと同時に、鳩尾《みぞおち》に蹴りが入った。

たまらず地べたに這《は》いつくばる。いい酒を一合分ほど吐き出してしまう。

「さっきはよくもふざけた真似《まね》をしてくれたな」

バッテン兄弟である。

仕返しをするため、待ち伏せていたか、あるいは夜中になったら襲撃しようとしていたのだろう。かなり執念深い奴らである。

「この野郎。ぶち殺してやる」

と兄貴のほうが言って、川っぱたにあったこぶし二つ分ほどの石を持ったのはわかった。あんなのを頭の後ろに食らった日にはお陀仏である。

「兄貴。殺しちゃったらまずいんじゃねえか」

「なあに。もう一人、穴掘りを商売にするヤツがいるそうだから、そっちに頼むとしようぜ」

逃げようとするが、立ち上がれない。

——これはまずい……。

そのとき、ヒュルル……という音とともに太い縄のようなものが宙を飛んできた。それは石をつかんだバッテン兄弟の兄貴の首にからみついた。

「ぐえっ」

兄貴が苦しげな声を出した。

「あ、兄貴。ヘビだっ。なんてこった！」

弟が慌てふためいて、ヘビを引きちぎろうとするが、とても外せそうもない。それどころか、カッと口を開けて食いつこうとする。赤い舌がちろちろして気味が悪いったらない。

お巳よが喚《わめ》きだした。

「誰か、来て！　人殺しだよ！」

「あ、兄貴。まずい。逃げるぜ」

弟に抱えられながら、逃げていく。ヘビはいつの間にかバッテン兄弟の元を離れ、佐平次の足元にもどってきた。

「げほ、げほ」

左平次は地べたに手をついたまま、首をひねって咳《せ》き込みながら見上げると、

「お巳よちゃんか……」

「あいよ。穴屋さん、しっかりおしよ」

お巳よが心配げに佐平次を抱え起こしてくれる。

「さっき、怪しい奴らが長屋をうかがっていたから、もしかしてと思ってさ」

「おかげで助かったぜ」

「どうしたんだい、穴屋さん？」

「あいつらがおかしな仕事を持ち込んできたのを、断ったんだが……」

そういえば、やつら、妙なことを言っていた。もう一人の穴屋に頼むだと……。江戸広しといえど、穴屋稼業を営むのは、佐平次ただ一人であるはずなのに。


それから三、四日ほどして——。

佐平次がバッテン兄弟はどうしたのだろうと気になっているところに、同じ長屋に住む御免屋が妙な報せ《しら》を持ってきた。

「穴屋さんよ。どうも同業者がいるらしいぜ」

「どこに……」

「入谷の鬼子母神の裏あたりだよ。穴開け屋とか名乗って、どうやら盗人のための抜け穴を掘っているそうだぜ」

噂《うわさ》だから本当かどうかはわからないが、半月ほど前に浅草寺《せんそうじ》の賽銭箱《さいせんばこ》が地面の下から穴を開けられたことがあり、その穴はじつに見事に一町ほど先の水茶屋の陰から貫通していたのだという。

「それを聞いたときは、てっきり穴屋さんの仕事だと思ったよ」

「いや、おいらじゃねえ。おいらは盗っ人の手伝いなんざ引き受けねえよ」

それがバッテン兄弟が言っていた男のしわざなのかはわからない。だが、ほかにも穴掘りを商売にする男がいるのだ。しかも、一町さきから賽銭箱の真下にたどりつけたということは、かなりの腕を持っている。

——どうにも気になる……。

佐平次はその「穴開け屋」がいるという入谷へと出かけてみた。

同じ江戸でも、このあたりは本所とはまた雰囲気《ふんいき》がちがう。どことなく落ちついているのだ。

鬼子母神の境内で訊《き》いたところ、入谷ではけっこうな有名人になっているらしい。

近くの梅助長屋というところを教えてくれた。

古びてこぢんまりした長屋である。

「この長屋に穴開け屋さんがいると聞いたんですが」

井戸端にたむろしていた長屋の女房ふたりに訊いた。

「ああ、三蔵さんだね。いるけども……」

穴開け屋は三蔵という名らしい。

「でも、いまは旅に出てるよ」

「旅ですかい」

「野州までいくので、半月ほどは留守にすると言ってたけどね」

バッテン兄弟も野州に来いと言っていた。やはり、やつらの仕事を引き受けたらしい。

「その三蔵さんは、どんな人ですか？」

「どんな人？」

女房ふたりは顔を見合わせた。

「おとなしくて、目立たない人よね」

「でも、話すときにちっと口をゆがめる癖があったよ」

「そういえば、そう。あんた、よく見てたわね」

「あたしは若い男は、いつも穴の開くほど見つめるのよ」

「穴開け屋に穴開けてどうすんの」

「そりゃそうだ。あっはっは」

女たちはばか笑いをして、互いの家に引っ込んだ。

路地から人が消えた隙に、佐平次は三蔵の部屋に入りこんだ。

道具の癖を見極めたかったのだ。

――なるほど……。

すぐにわかるのは左利きということである。鑿《のみ》などの頭を左手で叩くので、左がつぶれている。

金槌《かなづち》を握ってみる。柄のところを見ると、脂性《あぶらしょう》だというのもわかる。

気になる道具があった。ヤジリを大きくしたような鉄の道具で、こんなものは普通の職人は使わない。苦無《くない》である。忍者が使う道具で、武器にもなる。

――まさか。

思い当たる男がいた。

佐渡の金山でいっしょに働いていたことがあった。いや、その男たちを見張るため、佐渡の金山で働いたといってもいい。

だが、ヤツはあのときの落盤事故で、死んだのではなかったか。佐平次も死にかけたあの事故で。

――薩摩の密偵だった男……。

佐平次はふいに息苦しくなった。金山の坑《あな》の中を思い出していた。

二

佐平次は野州に向かうことにした。

土地鑑はある。

若いときに幾度となく奥州と江戸のあいだを往復したことがあった。方々をまわりながらの旅で、野州や常州などは脇街道をいろいろ歩いている。

バッテン兄弟は、たしか桜町領といっていた。おそらく三蔵も、そこへ向かったにちがいない。

旅じたくをしていたら、

「おや、穴屋さん。旅にでも出かけるのかい？」

「ちっと野州に用事ができちまってさ」

「野州か……あたしもつれてってよ。日光を見物にいきたいのさ。近いんだろ」

「見たことがないのかい」

「ないんだよ。日光を見ずして、けっこうというなかれっていうんだろ。一度は見てみたいよ」

「途中まではいっしょでも、じきに道は分かれるぜ」

「それでもかまやしないよ」

「道中、おいらが我慢できなくなって組み伏せても知らないぜ」

「バカ言ってんじゃないよ」

軽くかわされた。

お巳よにはこのところ、焦《じ》らされっぱなしである。ことにおよぼうとすると、拒否されてしまう。

馬鹿にされているような気がしている。

とはいえ、お巳よには何度も助けられてきた。その頼みを断ることはできない。

「それじゃあ、旅は道づれといくか」

「あら、嬉《うれ》しい」

つれていくことにした。

旅にはいい季節である。

朝早く、本所の長屋を出ると、夕方には利根川の手前、栗橋の宿まで来た。お巳よは細いわりに達者な足である。

宿場に入り、最初に声をかけてきた宿に泊まることにした。奥に行くほど、宿は混んでいたりする。

「部屋はいっしょだぜ」

「あいよ。でも、あいだに衝立《ついたて》は置かしてもらうよ」

「………」

佐平次はがっかりしてしまう。

フナの甘露煮が名物だそうで、それをおかずに夕飯を終えると、お巳よはすぐにうとうとしはじめた。

「ほら、お巳よちゃん。ふとんに入って」

「穴屋さん。変なことすると、うちのヘビが噛みつくからね」

お巳よはヘビを何匹かつれてきている。

「わかってるよ」

お巳よの寝息を聞きながら横になっていると、しきりに五年前のことが思い出された。

佐平次は佐渡の金山にいた。

佐渡の景色はまったく覚えていない。思い出すのは、穴の中だけである。来る日も来る日も、鏨《たがね》と鑿で金鉱を砕いていた。山の中腹から二町分ほども斜め下に掘り進んだあたりである。

冬暖かく、夏は涼しいが、けっして快適な場所ではなかった。滴《したた》り落ちる水の音と、働く男たちがたえず発する空咳《からせき》が、重苦しい不安感をかきたてていた。

穴を掘ることが大好きな佐平次ですら、そんな気持ちになったのだから、罪人として送りこまれていた連中はさぞかしつらかっただろう。

そして、あのことが起きた。穴が大好きなはずの佐平次に、穴に閉じ込められる恐怖を植えつけたあのできごとが——。

「あっ、あっ、あああ!」

「穴屋さん。佐平次さん。どうしたんだい?」

いつの間にかお巳よが心配そうな顔で、佐平次の肩を揺すっていた。佐平次は汗をびっしょりかいて目を覚ました。

栗橋の宿を朝早く出て、利根川を渡った。日光に行くには途中で別れなければならないが、お巳よはひとまず桜町領までつきあうという。筑波山を右手に見ながら歩きつづけるうち、野州桜町領には昼過ぎに着いた。

「ここらが桜町領だろう」

「ふうん。ここかい……」

道すがら聞いたところでは、ここは将軍家直参《じきさん》旗本の宇津家の領地だそうだ。

水争いの最中で殺気立ったような村を想像しながら来たが、なんとなく生気に乏しい土地である。いきかう百姓の顔もどんよりしているし、荒れ地も多い。土地はなだらかで、極北の寒冷地というわけでもないのに、作物の実る畑も少ないように見える。

領地を横切って、きれいな川が流れている。幅三間ほどの豊かな水をたたえた川で、堤もしっかり整備されてある。その土手にはまだ若い桜の木が列をつくっていた。

ただ、川は整っていても、そのわきの田はまだ田植えも終えておらず、どことなく荒廃した印象が漂っている。

土手の上に百姓がひとり寝そべって、雲を眺めている。

「田植えが終わってないじゃないか」

と佐平次は声をかけた。

「ああ。どうせ、今年も冷害だ。稲なんか植えたって、実るわけがねえ」

「米がなきゃ餓死するだろう」

「芋でも食ってるさ」

佐平次とお巳よは呆《あき》れて顔を見合わせた。

だが、三町ほど向こうの田はきれいに田植えも終わり、畦道《あぜみち》で大豆でも植えるのだろう、鍬《くわ》をふるっている男もいた。

「あそこにいる人は一生懸命、働いているじゃないか」

百姓はそっちをちらりと見て、言った。

「ああ、あいつかい。あいつは、まあ、偉い男だなあ。いままで、代官だのなんだのがいろいろやって来たが、本気で土と格闘してるのはあいつだけだ」

そのうち、その男がこっちに歩いて来た。

「吾作。そこで寝そべってるのは、吾作だろ」

「いけねえ。見つかった」

吾作とやらは川べりに下りて、あわてて逃げていった。

「いま、ここで百姓が怠けておったでしょう」

近づいて来たら、見上げるほどの大男である。

「ええ。稲なんか植えても無駄だとか」

「そうじゃないんだがなあ……」

と、大男はその理由を語った。

このあたりはもともと三千石程度の米しかできないのに、領主の宇津家の見栄で四千石とされ、その分の年貢を取られてきたのだという。それではいくら働いても、楽になるわけがない。

百姓たちは逃げ出していって、四百五十戸ほどあった家が、いまや百五十戸ほどに減ってしまったそうだ。

「お前さまはお代官さまですか」

と、佐平次は大男に訊いた。

「いや、わたしはこの地の復興を命じられた勤番だが、ただの百姓です。名は、二宮金次郎と申します」

金次郎は肩をすくめるように頭を下げた。すると、胸元からバサッと書物が落ちた。

「失礼。なにをするときも書物を手放せませんでな」

とことん生真面目な人らしい。

「失礼だが、二宮さまの仕事の邪魔をしようとしている者もいるみたいですぜ」

と、佐平次が忠告すると、

「ああ。それはおるでしょうな」

金次郎はこともなげにうなずいた。

「そんなことをされる理由があるんですかい？」

「それは、百姓を食い物にしようとしている連中がいるからですよ」

金次郎は悲しげな顔でそう言った。

領主の宇津家は、老中をつとめる小田原十一万三千石の藩主・大久保《おおくぼ》忠真《ただざね》家の分家にあたった。大久保家が老中の職にあるため、立場上、桜町領の窮乏を無視するわけにはいかず、宇津家を援助していたのだが、どうにもならなくなってきた。

そこで、農政改革に実績をあげてきた二宮金次郎が送りこまれていたのだが、名主や百姓らは、どうせまかなえない年貢のために必死で働くより、遊びながら小田原藩の援助金でゆるゆると食いつづけていたほうが楽なのである。

そのために、名主ら村の上役と、地元のヤクザが結びついていた。

「わしを邪魔者と思うのは、そういう連中ですよ」

「その連中のなかに、顔に傷のある兄弟はいませんか？」

「ああ、います。バッテン兄弟だ。ろくでもない奴らです」

「あっしは江戸で穴屋という商売を営む者ですが、バッテン兄弟が来て、洪水を起こしてくれと頼んできたんです」

「洪水を……堤を切るということですか？　ひとりで？」

「ええ」

「それは大仕事だ。一人でこそできることではない」

「あっしにはできるんです。そんな仕事は引き受けませんが」

「ほう……」

「ところが、連中は誰か別の者を雇ったらしいんで」

「それをわざわざ教えに来てくれた？」

「まあね。その雇われた男が気がかりだったもので」

金次郎は驚いた顔で佐平次を見た。奇特な人間もいるものだと思ったらしい。

「ところで、ここらに宿屋は？」

と佐平次は訊いた。

「そんなものはありません。下館《しもだて》までいかなければ。よかったら、わたしのいる陣屋に泊まりなさい。五日でも十日でも。もちろん代金などいりませんよ」

「そいつはどうも……」

佐平次がお巳よを見ると、お巳よは嬉しげにうなずいた。

食卓に酒がある。

泊めてくれるお礼に、佐平次が下館の酒屋まで行って、買って来たのだ。

「これは、ひさしぶりだ。ずっと我慢してきたけど、田植えもあらかたは済んだし、今日は飲むとしますか」

金次郎はかなりいける口である。三升ほどの樽《たる》で買ったのだが、半分ほどはすぐになくなった。

「ううう……酒はうめえなあ。わたしだって、毎日、飲みたいさ。おおいおいおい

……」

金次郎は泣き上戸だった。佐平次はしまったと思ったが、すでに遅い。いっしょに

飲んでいたお巳よが、面白そうに金次郎を見ている。

滅多に飲まないので、たまに飲もうものなら愚痴が止まらなくなるらしい。ふだん、

よほどおのれを律しすぎているのか、マジメ人間の悲しみがあふれ出してきた。

「そうさ。わたしはつまらねえマジメ男さ。だがよう、マジメにやらなきゃ生きてこ

られなかったんだよ。誰が好きで糞真面目な暮らしなんか送るもんか」

こういう人はおそらく、薪《たきぎ》を背負って歩きながらも、書物を読んだりするのだろう。

「それじゃあ、百姓も嫌々やっているので?」

「あ、それは違う。わたしは、土は大好きだ」

「土が好き?」

「そう。どれくらい好きかというとな、死んだときは上から土をかぶされるだろ。それが楽しみに思えるくらい、土が好きなんだ。なぜ、こんなに土が好きなのかはわからないんだがね」

「わかりますよ、その気持ちは。じつは、おいらは穴が好きでしてね」

「ふっ。なんだか、スケベったらしいなあ」

金次郎はどろりとした目でにやりと笑った。

「そんなんじゃねえ。針の穴から金山の坑道まで、穴ならなんでも大好きなのさ」

「ふうむ。わたしは泥のような土から、砂土まで、土ならなんでも大好きだ」

土好きと穴好きが、すっかり意気投合した夜であった。

三

あくる日。佐平次は桜町領を見てまわった。

お巳よもつきあっている。ときおり何かつぶやくのは、佐平次への言葉ではなく、手に持った籠《かご》の中のヘビたちに語りかけているのだ。母親が子どもに言うみたいに。

「お巳よちゃん。日光へいったらいいじゃないか。ここからなら、いまからでも暗くなる前には日光に着けるぜ」

「あたしは別にいいんだよ。なんだか、佐平次さんがあぶない目にあうような気がするのさ」

「あのヤクザたちかい。なあに、あんなヤツら、いざとなりゃあ……」

叩っ斬ってやると言いかけたが、

「落とし穴に叩き落としてやらあ」

と、ずいぶん間の抜けた啖呵《たんか》になった。

「あたしは、ひさしぶりにのんびりできて楽しいよ。それにこの子たちも、ここの土は気に入ったみたいだし」

お巳よは持っていた手籠を地面に置いた。

蓋《ふた》をあけると、数匹のヘビが草むらに這いずっていった。

佐平次は堤の上から周囲を見渡した。二宮金次郎が丹精こめてつくった田んぼは、清らかな水を湛《たた》え、雲と空を映して広がっている。

だが、水も多ければいいというものではない。この田んぼも、堤が決壊したときの濁流に洗われでもしたら、植えたばかりの苗はたちまち流されてしまう。

——決壊させるとしたら、ヤツは堤のどこを狙《ねら》うか。

もちろん、白昼堂々とできることではない。

夜中に忍んできて、堤が切れるような仕掛けをほどこすのだ。

毎夜、すこしずつ……。

よく、米粒ほどの穴が大きくなって、しまいには決壊するなどと言われるが、そう簡単なものではない。二宮金次郎が大好きな土には生命のような強い復元力があって、小さな穴なんて自分でふさいでしまう。穴は土にはなかなか勝てないのだ。

だから、しっかりした穴を穿《うが》って、いっきに決壊をもたらすような仕掛けが必要だった。

あいつだったら……。

いや、おれだったら……。

佐平次は目を凝らして、堤のほうぼうを見て歩いた。

陽も落ちてきた。そろそろ陣屋に帰ろうかというとき、昨日会った百姓の吾作が、のそのそ出かけようとしていた。

「おい、どこにいくんだい？」

「おらの勝手だろ」

「教えてくれてもいいだろ」

「余所者《よそもの》のおめえなんか関係ねえべ」

吾作は逃げるように行ってしまう。

途中、金次郎に会った。

「いま、吾作が下館のほうに行きましたぜ」

「ああ。博打場《ばくちば》でしょうな。困ったもんです」

吾作はなまけ者ではあるが、これまで博打には手を出さなかった。それが、このところ賭場《とば》に行きはじめたらしい。

南に一里ほどいったところの、下館の城下のはずれに『夢の毛』などというどう見たってうさん臭い屋号の飲み屋があるという。ここの裏手につくられた博打場に百姓たちが出かけていっては、夢の毛どころか、尻の毛まで抜かれて帰って来るらしい。

馬や牛などの家畜はもちろん、鍬や鋤《すき》を持ち出して売り払ったり、女房や娘を売った者までいる。

ここでは必ず、百姓が負けるらしい。

――ああ、それは……。

まちがいなく、細工がなされているのだ。

佐平次はサイコロの穴も開けたことがある。サイコロのイカサマにはさまざまな手口がある。よく使われるのは、丁か、あるいは半しか出ないサイコロ。目がすべてどちらかになっているのだ。

あとは、サイコロの中に鉛などの重しを仕込んでおき、ある目が出やすくなったものもある。起き上がりこぼしの要領だ。

こうしたサイコロはいつも使うのではなく、ここぞというときに使って、出したい目を出すのである。

「あの博打場をどうにかしなければ、桜町はまともにはなりそうもないんだが」

と金次郎は途方に暮れた顔で言った。

「ちょいとのぞいてきましょうか？」

お節介かと思いながら佐平次は言った。

「でも、お前さん……」

女房のような調子でお巳よが言った。

「顔を知られているだろ、バッテン兄弟に」

佐平次とお巳よは、つれだって下館まで賭場をのぞきに行くことにした。

佐平次は浪人者に変装した。大きめに髷《まげ》を結い、陣屋で借りた袴《はかま》をつけた。ついで金次郎から刀を借りた。長刀を一本差したきりだが、したくをしているとき、

「あら。なんだか、腰のものが似合うじゃないか」

と、お巳よは目を見張った。

「そりゃあ、そう……」

佐平次はそのあとの言葉を飲み込んだ。

賭場は、飲み屋『夢の毛』の裏手につくられていた。

余所者は入れてくれないかと心配したが、陣屋の客だと言っただけで、黙って通された。これまでの陣屋の連中の働きぶりが、それでもわかる。

想像したより大きな賭場だった。二十畳ほどの座敷に三、四十人ほどの客がつめかけ、座れずに外の廊下で立っている客もいるほどだった。

座敷の奥の両側にバッテン兄弟がいて、睨《にら》みをきかせている。佐平次とも目が合ったが、二人の表情に変化はない。まさか江戸の穴屋が来るとは夢にも思っていないの

だろう。

しばらく見ていたが、佐平次は隣にいた男に声をかけた。

「壺《つぼ》ふりの姐《ねえ》さんはなかなかやるねえ」

「ああ。ウシムキのおせんかい」

「後ろ向きのおせん？」

「ウシムキ。牛も振り向いて見るんだよ。あまりのオッパイのでかさに」

「へえ」

なるほど胸のふくらみはたいそう立派で、サラシを巻いた上から、柔らかそうな隆起がはみ出している。

おせんはこの村の出なのだが、しばらく江戸で磨かれ、恐ろしくいい女になってもどってきたのだそうだ。

「加えて、あの巨乳だもの。牛を見慣れた百姓にはたまんねえべさ」

とも男は言った。

おこなわれているのは、やはり丁半バクチである。

このバクチは二個のサイコロを使って、盆茣蓙《ござ》の上でおこなわれる。盆茣蓙は、綿の入ったふとんの上に幅二尺、長さ二間くらいのきれが置かれてある。

ここで、客は壺ふりと中盆《なかぼん》を中心に相対して座り、丁に張る者は中盆側に、半を張る者が壺ふり側に対峙《たいじ》して座るのである。

一通り見渡して、佐平次はお巳よに囁《ささや》いた。

「こういったところは、八百長がつきものでさ」

「だろうね」

「あとで床下でも調べておくさ」

吾作は丁のほうに座っていて、いい調子で勝ちつづけているらしい。

だが、そういつまでも甘い汁は吸わせてくれないだろう。

やがて、場はおひらきとなった。

吾作は佐平次とお巳よのいるわきを、意気揚々とひきあげていく。

そのとき、ウシムキのおせんがさりげなく吾作に駆け寄った。すばやく囁いたその声は、佐平次の耳にも届いた。

「吾っつぁん。これっきりにしときよ」

親身に吾作を心配している口ぶりだった。

夜、佐平次はもう一度、川の堤を見にいった。地形からも、三蔵が狙うあたりはだいたい見当がついている。

夜空は晴れているが、五日目の月で明かりはかすかである。佐平次は闇《やみ》の中を腰をかがめながら進んだ。

誰かが堤の中ほどにかがみこんでいる。

物音を立てないよう、ゆっくりと近づいた。

――あれが穴開け屋の三蔵……。

やはり、あの男だった。佐渡では、五郎蔵と名のっていた。本当の名は知らない。佐平次だって、佐渡では余七と名のっていたのだ。

かすかな月明かりの下で、三蔵の仕事がつづいている。

佐平次は三蔵に気づかれないよう、畑を迂回《うかい》し、下流へと向かった。

三蔵がいるところから三町ほど下手《しもて》に来ただろう。

佐平次は背負ってきた竹の束を下ろした。どれも節を抜いてある。そのうちの一本を取って、堤の土に揉《も》むように差し込みはじめた。

――あとは雨に間に合うかどうかだな。

四

明け方、もどってきて、昼はずっと眠り、夕方になって起き出す。夜のあいだずっと、竹を土に差し込むことをつづけていると、モグラにでもなったような気がしてくる。

竹にはつなぎ目もあり、貫通しそうになるところで、節のある竹を継ぎ足す。ここで水が噴出するのを止めるのだ。

貫通させるのは一本だけではない。同じような仕掛けの竹を何本も通す。決壊させるときは、これらの竹をいっきに抜き取るのだ。

そんな生活が五日ほどつづいた。

一文にもならない仕事だが、そばに穴をあけるという馬鹿げた仕事で、能登屋の若旦那からたんまりと礼金をもらっている。しばらくは金の心配をしなくてもいいのがありがたかった。

お巳よはのんびり散策してまわっている。生まれてこの方、ずっと江戸育ちだったくせに、田舎《いなか》ののんびりした空気が好きなのだという。変わった娘である。

その日——。

佐平次が夕方になってのその起き出したとき、散策から帰ったお巳よが、

「佐平次さん。いま、吾作さんが……」

と、道の向こうを行く男の後ろ姿を指さした。吾作が有り金を全部、ふところに入れたようなようすで、気負い立った顔で下館方面に向かったという。

「ついに大勝負のときらしいよ」

「ああ。じゃあ、金次郎さんのためにも、バッテン兄弟の仕返しもかねて、あの馬鹿を助けてやるか」

佐平次は急いで浪人姿に扮《ふん》し、お巳よとともに『夢の毛』へと向かった。こんな場合の手筈《てはず》はすでにできていた。

「遊ばしてもらうよ」

お巳よが声をかけると、

「あ、この前も来ましたね」

若い衆がお巳よに熱い視線を送り、佐平次にはぷいとそっぽを向いた。

佐平次とお巳よが賭場に入ると、盆茣蓙の周囲に緊張が漂っていた。どうやら吾作がこれまで勝った分のすべてを賭けて、大勝負に出ようというときのようだった。

「いいんだな、吾作よ」

と、中盆が念押しをした。

ウシムキのおせんが悲しげな顔になっている。

「いいさ」

丁に賭けている吾作がうなずいた。

周りはたいがい百姓らしき男たちだが、いっせいに吾作を見た。たかが貧乏百姓にせよ、男ひとりが大勝負に挑むのだという気配はつたわり、皆、固唾《かたず》を飲んでいる。

「では、入ります」

と、おせんはサイコロを壺に投げ入れ、すばやく盆茣蓙の上に置いた。

おせんの手がゆっくりと上にあがる。サイコロの目が見えた。

「うぇえ」

吾作が喉が詰まったような音を出した。

「三六の半」

そう言ったおせんの声は切なげだった。吾作の顔がいまにも泣きそうに大きくゆがんだ。

ついにスッテンテンになったのだ。

それまでじっと勝負のなりゆきを見つめていた佐平次が、お巳よにうなずいた。

「わかったぜ」

サイコロの仕掛けを見破ったのだ。サイコロの角は削られてある。つまり、丸みをもたせてある。これを利用して、出そうとする目を出やすくする。

かなりの技量を必要とするが、おせんはその技を身につけているらしい。

「ちょいと待ちなよっ」

と前に出たのは、お巳よだった。

「その勝負のつづきはあたしがうけるよ」

「誰だい、てめえは」

奥でそっくりかえっていた男が言った。肌がどす黒く、口元が歪《ゆが》んで、がまがえるが親の仇《かたき》を討ちにいくときのような顔をしている。これが大柴田一家の親分だろう。

だが、お巳よに臆したようすはない。

「江戸は芝神明で、ちょっとは知られた蛇神のお巳よとは、あたしのことだよ」

と啖呵《たんか》を切った。

「なんだとぉ、このアマ」

ヤクザたちがいきり立つと、するするとお巳よの袂《たもと》から這い出てきたものがある。

「げっ」

「へ、ヘビが」

大きな青大将とマムシが二匹である。そのヘビたちがまるでお巳よを守るかのように、鎌首を持ち上げて睨んでいるではないか。

一同、息を飲んだ。

大柴田の親分はガマに似ているだけにヘビが苦手らしく、そろそろと後ずさりをはじめている。ガマとヘビとナメクジの三すくみでは、ガマはヘビに食われるのだ。

「つづきをうけるって、おめえ、吾作の負け分を賭けるって言うのか？」

バッテン兄弟の兄のほうが、目を見開いたまま言った。

「それだけじゃないよ。向かいの鍛冶屋に並んだ鋤や鍬。あれはみんな、桜町領の百姓たちが、借金のカタに置いていったものだろ。あれを全部、賭けてもらおうじゃないか」

「なんだって。それで蛇神の姐さんは何を賭けるってんだい」

「これじゃ、駄目かい」

お巳よが懐から取り出したのは、金色の蛇である。じつは金粉をまぶしただけだが、ろうそくの明かりのもとでのたうつ金色の蛇は、怪しい美しさを発散している。

「この蛇は年に二度ほど、卵を産むんだが、その卵を見たら驚きだよ」

そう言って、懐から金色に輝く卵を出した。これはもちろん金箔で包んだもので、ヘビが金の卵など産むわけがない。

だが、一座の者は仰天した。

「どうだい。殻の表だけだから、金の値にしたらたいしたことはなくても、見せ物に出してみな。世に二つとない珍しいヘビだもの、客は押しかけるよ」

バッテン兄弟が二人ほぼ同時に親分を見た。

「わかった。その勝負、うけようじゃねえか」

と、金色の卵を見つめながら親分は言った。

ウシムキのおせんと、蛇神のお巳よが、差し向かいで対決することになった。

そのとき、佐平次はすばやく賭場を抜け出して、この建物の床下にもぐりこんだ。

この前、来たときに、床下などの調べはつけておいた。

小さなろうそくを灯《とも》し、場所を確かめる。ちょうど、盆茣蓙の真下に座った。場所は、上の柱の位置から見当をつけた。

真上では、いまから大勝負がおこなわれようとしている。

床板の一部をそっとはずした。これも下準備をしておいた。五寸四方ほどを取りはずせるようにしておいたので、その上はもう薄手の盆茣蓙があるだけである。

耳を澄ませる。

かすかな音だけを頼りに、サイコロが転がった場所を判断しなければならない。盆茣蓙の向こうから、

「では、入ります」

というウシムキのおせんの声がした。

と同時に、ふたつのサイコロが豆でも転がるような小さな音を立てて転がった。

サイコロは必ず丁の目が出るようになっている。

佐平次は下から針でサイコロを突いた。

一度、突いただけでは、丁となるか半となるか、確率は五分五分である。

お巳よは五分五分の勝負でも構わないと言った。そのときは覚悟があると言っていた。

だが、絶対に勝たせなければならない。

サイコロの目の真後ろは、丁と半が逆になる。だから、二度突いて、真後ろの目を出せば、必ず丁は半になるのだった。

とはいえ、細い針の先の感触だけで、サイコロを二度ひっくり返すのは至難の業《わざ》で

ある。

　しかも、壺を伏せてから開けるまでは、それほど間はない。

　もう一度突いた。

　間に合ったか。

　おせんの声がした。

「二七の半……」

　そんな馬鹿なという驚きに満ちた声音である。

　──やった！

　佐平次の指先は勝利した。

　さて、上では騒ぎが持ち上がっているだろう。ヤクザどもが、このまま勝利者を帰すはずがなかった。

　佐平次は急いで、博打場にもどった。

　立ち上がろうとしているお巳よが、

「大柴田一家相手に勝ち逃げかい」

　とすごまれている。

「親分さん。約束は約束ですぜ。踏み倒そうったって、そうはいかねえ」

「なんだと。大柴田一家をなめるのか」

だが、お巳よは逆にヤクザたちを睨み返した。

「なめるだって？　冗談言っちゃいけないねえ。あんたたちこそ、蛇神のお巳よ姐さんをなめたら、あとが怖いよ。芝は将軍さまが眠る増上寺のお足元、坊主も買いにくる薬種問屋の大店《おおだな》に生まれながらも、十二の歳《とし》からやさぐれはじめ、斬ったはったは朝飯前、十五の歳には浅草の、大親分ともめちまい、め組とほ組を味方につけて、江戸をゆるがす大喧嘩、その先頭で睨みをきかせたのがこの蛇神のお巳よだ。あっしを怒らすと、江戸の火消し衆も黙っちゃおかないよ！」

皆、目を丸くしてお巳よを見つめた。

賭場はしばらく静まりかえった。

だが、バッテン兄弟だけが突っかかってきた。二人ともすでにドスを抜いている。

「この、くそあま」

「江戸の火消しがなんだってんだ！」

お巳よに向かって突進してきた。

さすがにお巳よの顔に怯《おび》えが走った。

「待てっ」

佐平次が大きく踏み込んで、腰のものを抜いた。

刃《やいば》が二度閃《ひらめ》いた。

見事な剣技である。兄貴のほうが顔の左から右に、弟は右から左に切り傷がついた。

バッテン兄弟があっという間にバツバツ兄弟になっていた。

「ひぇっ。首が落ちた」

「だ、誰か助けて」

兄弟は腰を抜かした。その向こうにいる大柴田の親分に、佐平次は怒鳴った。

「文句はないな。では、帰るぞ、お巳よ」

「あいよ、あんた」

お巳よが甘い声で言った。

五

大勝負の翌日から雨が降りだした。

梅雨入り前の大雨になった。唐傘をさしたら、雨音がうるさくて耳をふさぎたくなるほどの降りである。

下館から農具を持ち帰ってきてはいたが、百姓たちもこの雨で作業はできない。

妙な浪人者と蛇神のお巳よとやらが、二宮金次郎のところの客らしいということは、大柴田一家の連中も気がついたらしい。

当然、つねづね憎々しく思っていた金次郎にも恨みの矛先《ほこさき》を向けただろうが、とくに仕返しに来ないでいるのは、

――もっと大きな復讐を狙っているからだ。

と、佐平次は思っていた。

鬼怒川の水位が、どんどんあがり出している。激流といってもいい。支流である桜町領の川も、あと半間ほどで堤を越えそうなほど水嵩《みずかさ》を増していた。

降り出して三日後。見張りを頼んでいた吾作が、陣屋に飛び込んできた。

「大柴田一家がきました！」

「よし、きたか」

佐平次は蓑笠《みのかさ》もつけずに陣屋を出た。雨が着物の上からでも痛いくらいである。

土手まで先まわりする。

大柴田一家が親分やバッテン兄弟を先頭に、十人ほどつれだってやってきた。三蔵も混じっている。また、笠で顔を隠しているが、武士も一人いる。これはおそらく、

桜町領をあずかる代官だろう。

　田畑の中に高台になっている一画があり、四、五坪ほどの社もあるので、そこで見物を決め込むつもりらしい。笑いながらしゃべっている声も聞こえてくる。おおかた、

「へっへっへ。百姓たちが鍬や鋤を取り返しても無駄なこった。どうせ、せっかく田植えを終えたところも、水で押し流されてしまう。今年も桜町領は大凶作だ」

「またしてもお代官さまに援助金が転がりこむって寸法で」

　といったような話をしているにちがいない。

　三蔵がしかけた場所が決壊すれば、激流はまっすぐ二宮金次郎たちが住む陣屋めがけて襲いかかる。鉄砲水の勢いというのはすさまじいもので、やわな造りの家なんぞは、木っ端微塵《こっぱみじん》にはじけ飛ぶ。もちろん、周囲の田畑も流され、今年の収穫はまったく期待できなくなる。

　佐平次は、三蔵がしかけたところより三町ほど下流に向かった。ここは川が蛇行し、乙の字を描くようになっている。雨に打たれながら走った。急がなければ、向こうが先に決壊してしまう。三蔵の仕掛けは徐々に崩壊するようなものらしい。

　佐平次は仕掛けの現場に辿《たど》り着くと、突きさしておいた竹を次々に引っこ抜いた。

どばっ。

と、水が噴き出し、開いた口が見る見る大きくなった。

奔流が佐平次を押し流そうとする。凄《すさ》まじい流れである。佐平次はようやく土手に這いあがった。

向こうの高台の上にいた三蔵の顔が大きくゆがむのが見えた。

激流が、そちらに向かって、凄まじい勢いで押し寄せていく。佐平次の狙いどおりの流れである。あの程度の高台なら、たいした時間もかからずに飲み込んでしまうだろう。

「うわっ、こっちに来た！」

「助けてくれ」

大柴田一家のヤクザたちは足をすくわれ、次々と流れに飲み込まれていった。

――これで、三蔵もお陀仏か……。

と、思ったが、いったんは流れに飲み込まれた三蔵が、濁流を泳ぎきって、下流の土手に這い上がるのが見えた。

――しぶとい野郎だ。

佐平次は土手の上を走った。

雨に打たれながら泥水を吐き出している三蔵のそばに寄った佐平次が、

「おい。ひさしぶりだな。五郎蔵さんよ」

と、声をかけた。

「五郎蔵だと……」

三蔵はぎょっとした顔で佐平次をしばらく見つめていたが、

「おめえは、まさか……佐渡にいた余七……」

「そうさ。あのころに比べたら、別人のようだろうがな」

と、佐平次は頬のあたりを撫《な》でながら言った。

「いや。わかるぜ。その目の光は覚えている。あのときも、お前は佐渡に流されてきた罪人なんかじゃねえと思っていた」

「わかってたかい」

「ただ、幕府の犬にしちゃあ、やけに穴掘りがうまかったのが不思議だったっけ」

幕府の犬と言われて、佐平次はそっと周囲をうかがった。

まわりには、誰もいない。雨が風景すら縦の線で塗りつぶそうというように降りしきっているが、それでも佐平次の目は人の気配を見逃さない。大柴田一家の連中もはるか下方へと流されてしまっている。

薩摩の密偵三蔵——あの頃は五郎蔵と名乗っていたが——は、金山の技術を盗むため、佐渡に潜入してきていたのだった。

それを阻止するため、お庭番だった佐平次は上司とふたりで、佐渡の金山に入った。

五郎蔵のほかにも、怪しい男が二人ほどいた。

佐平次はさりげなく接近して密偵を特定しようとしたが、お庭番の上司は、爆薬をしかけ、怪しい連中をひとまとめに殺そうとしたのだった。佐平次が坑道の奥にいることがわかっていたにもかかわらずである。

佐平次は、見殺しにされたのだ。

「あの事故であんたは死んだと思っていた。おれよりも奥に入っていたからな」

と、三蔵は佐平次の動きを警戒しながら言った。

「完全に閉じ込められたからな。あのときは一巻の終わりだと思ったぜ。身体が岩にはさまって抜けなくなった。向こうには光が見えていたのによ」

「あんたみたいなデブが岩にはさまったんじゃ、さぞかし苦しかっただろうな」

「まったくだよ」

佐平次は昔、凄いデブだったのだ。

それが十日間、水の滴りだけで生き延び、痩《や》せたおかげで岩の隙間から抜け出せた

なっちまったよ」

のだった。以来、体質が変わったのか、肥《ふと》らなくなってしまった。

「そうだったのかい」

「おかげで、あれ以来、狭い穴の中にいると、得体の知れない恐怖に襲われるようになっちまったよ」

穴は何より好きなのに、その中にすっぽり身を置いていると、恐怖がやってくる。ひどく矛盾する心の動きだが、金山で押しつぶされそうになった体験は佐平次の心の襞《ひだ》に、影よりも黒く傷跡を残したらしかった。

「それで、あんたが、なんでこんなところにいるんだ？」

「あんたより先に、おれにこの仕事の依頼が来たのさ。おれは断ったが、どうやら引き受けた男がいる。その男の長屋を探ったらなんとなく五郎蔵のことを思い出したのさ」

「そうか。あんたなら、おれの仕掛けを見破って、一足先に堤を決壊しちまっても不思議じゃねえ。そういえば、本所のほうに穴ならなんでも開けるという凄腕の穴職人がいると聞いたことがあったっけ。それがあんただったのか……」

三蔵は懐からゆっくりと苦無を出した。

やる気らしい。

「慌てるなよ、おれはもう、幕府にはかかわりはねえ。お庭番からは抜けた」

と、佐平次は戦う気はないというように両手を雨の中でひらひらさせた。

「嘘をつけ」

「嘘じゃねえ。あの一件以来な」

「ほう……」

三蔵の身体からすぅっと闘志が消え、

「おれも抜けた。佐渡の件を失敗して国にもどろうとしたら、それは許しちゃくれなかった。いまも、追われつづけている」

「うまく抜けられなかったのかい」

「あいつらから逃げきることなんて、おそらく永遠にできないのさ。あんただっていつかは……」

三蔵は怒りをこめた顔で、雨の降りしきる天を見上げた。

翌日、雨はあがり、ふたたび五月の爽《さわ》やかな空がもどった。あの雨のあいだどこに避難していたのか、小鳥たちが青空を鳴きながら飛びかっている。

水もひき、村人たちは決壊した堤の修復に忙しい。

洪水の被害にあった田はそう多くなく、村の百姓たちが総出で働けば、遅れていたところの田植えも間にあいそうだという。

百姓たちがふるう鍬はよく手入れされていて、振り上げるたびに陽の光をはね返して輝いている。

百姓たちを指揮しているのは、もちろん二宮金次郎である。

背中には薪をしょい、手に本を持ちながら、百姓たちの指示もする。酔ったときは、

「誰が好きで糞真面目な暮らしなどするものか」と言っていたが、こうして見るとやはり根っからの真面目な男である。

「おーい。昼飯だぞぉ」

陣屋のほうから女たちが飯のしたくを運んできた。その中には、自由の身になったウシムキのおせんも混じっている。

吾作が嬉しそうに手を上げる。もともと二人は言い交わした仲だったのだという。

「あんたらも食ってけろ」

新鮮な野菜や山菜がたっぷり入った雑炊をふるまわれた。

素朴なうまさである。穴の開いたそばなどとは、対極のうまさだろう。

「うまいでしょ。穴屋さん、これが土の、大地の恵みですよ」

と二宮金次郎は自慢げに言い、
「ほんとにあなたがたにはお世話になりましたな」
深々と頭をさげた。

佐平次とお巳よが江戸にもどったのは、二宮金次郎と別れてから五日後のことである。日光に寄り、温泉宿にも立ち寄って、突貫工事の疲れを取った。そのあいだ、お巳よもいっしょだった。ただ、湯の中でちらりとかたちのいい胸を拝ませてくれた以外は、手も握らせてもらえなかった。

——あいつ、おれのこと、どう思ってやがるのか。

佐平次はつくづく女心がわからない。

すでに陽が落ちてから江戸へもどると、お巳よを一足先に帰して、佐平次は入谷の三蔵のところを訪ねることにした。日光で買ったゆばのみやげを持っている。隠密仕事を捨てた者同士、互いに役立つ話もあるだろう。穴掘りの技術談義も楽しいはずである。

長屋の前までくると、人だかりができている。三蔵の家から煌々《こうこう》と光がもれている。長屋に明るい灯火があるときは、冠婚葬祭のときだけである。胸騒ぎがした。

「どうしたんですかい？」

外にいた男に訊いた。

「ここの三蔵って男が、裏の池に浮いていたんだ。酔っぱらって落ちたんじゃねえかな」

「酔って落ちた……」

そんなはずはない。隠密仕事をした者が、我を忘れるほど酔うわけがない。よしんば酔っても、無意識のうちに身を守る動きができる。三蔵はまちがいなく殺されたのだ。それも、よほど腕の立つ者によって……。

「あんたもいつか……」

と三蔵が言っていたのを思い出した。

夜の闇が急に濃くなったような気がした。

第七話　愛する穴屋

穴屋佐平次《さへいじ》は、小さな鑿《のみ》を注意深く動かしながら、象牙の塊を刻みつづけている。密度の濃い、しっかりした最高級の象牙である。額からはたえず、汗がしたたり落ちていた。

妙な注文だった。

煙草入れにつける根付だが、裸の小僧にしてもらいたい。その小僧は口を大きくあけ、かわいいチンチンを前につきだしている。小僧の口に水を入れると、そのチンチンの先から黄色い小便が出るようにしてもらいたい……というのだ。

黄色い色をつけるのは難しくはない。口の奥にでもウコンの根をいれておけばすむ。問題は、二つめの注文である。腹部をひらけるようにする。中には本物そっくりの臓物があり、小便はその臓物をとおって出てくるようにしてくれという注文だった。

「人の臓物とおなじものを？」

「そうさ。穴屋ふぜいには無理な注文だったかなあ」

注文主は薬屋の若旦那。ずんぐりむっくりの熊のような顔と身体《からだ》つきだが、着ている着物などはやたらと洒落《しゃれ》ている。黒地に青い格子縞《じま》の着物は、お洒落には無頓着の佐平次でさえ、着てみたいと思ったくらいだった。あるいは尻のところに焼け焦げの穴でもあけてやりたいとも思った。この、とびきり厭味《いやみ》な野郎が、

「いいものだったら、百両出してもいいぜ」

と、ぬかしやがったのである。

もちろん引きうけた。穴屋の意地にかけて。

ところが、さすがに難しいのだ。腹の中の臓物がどうなっているのか、微妙なところに確信が持てない。

切腹をして、血まみれの臓物を飛び出させた武士を見たことはある。知り合いの絵師、葛飾北斎から『解体新書』なる書物も見せてもらった。非常に精巧な絵だというが、それでも内臓独特の質感というのがわからない。

自分の腹を撫《な》でながら、うんうんいって苦しんでいる。

季節は、梅雨があけたばかり。ゆでたくらげのような重苦しい温気《うんき》が、長屋の屋根にのっかったままうごかない。

佐平次の仕事が進まないのには、もうひとつわけがある。

――この切なさはなんとかならねえか。

胸がふさがれるような思いは恋である。女に惚《ほ》れることがこんなに切ないなんて、思ってもみなかった。だらしがねえと、自分をののしりたくもなる。相手は顔なじみのへビ屋のお巳《み》よである。

お巳よは、けっして自分を嫌ってはいない。それどころか、好いてさえいてくれる。それはわかるのだが、一歩踏み込んで、男と女の仲になろうとすると、拒否されてしまう。

数日前もそうだった。

夕暮れの永代橋の上で、おもいっきり抱きしめてみたけれど、

「ごめんね、佐平次さん。あたしはダメなんだよ」

お巳よはうつむいてしまう。

「やっぱりおれが嫌いかい」

「そうじゃないんだ。そうじゃなくて、誰ともそういう仲にはなれないのさ」

泣きながら駆けだしていった。

暮れ六つ（およそ六時）の鐘が鳴りだしていた。大川の川面《かわも》に、昼の名残りがうっ

すら浮かんでいる。遠くの船が、ちらほらと明かりを灯《とも》しはじめた。

江戸の夕暮れの切ないこと。仕事なんかほっぽりだして、どこか旅にでも行ってしまいたい。いや、仕事だけでなく、何もかも忘れて……。

とにかく、この頃の佐平次は、むしゃくしゃする気持ちをもてあましていたのである。

一

「穴屋はおるかな」

長屋の外から声がかかった。夏の日差しで白く光っている長屋の路地に、縁起の悪そうな黒い影が立っている。目を細めて見やると、黒い影は道中荷物を背負っている。旅支度のようである。

依頼人らしいが、佐平次は縁先に寝ころんだままおきる気になれない。

例の根付を仕上げるのに二十日もかかってしまった。仕上がりも気に入らない。よほど渡すのはやめようと思ったが、依頼主の薬屋の若旦那は一目見るや満足して、百両とまではいかなかったが、ぽんと二十両をおいていった。一人暮らしなら、二年は遊んで暮らせる。

それでも佐平次は後味がよくない。もう一度つくりなおして、とどけたいくらいである。つくり手の妙な意地というやつだろうか。大きな象牙の塊をもらっていたので、小さなものならもうひとつつくる分くらいは残っていた。

くわえて恋の病いである。いや、じつはこっちのほうが断然、つらい。なまじ目と鼻の先にいるばっかりに、なかなかあきらめきれないのだ。

そんなわけだから、新しい仕事をうける気にはとてもならない。

断ろうと思い、身をおこした。

「すまないが……」

入ってきた男の顔を見て、言葉がとぎれた。目、鼻、口——造作はどれもこぢんまりして、目立たない顔である。お地蔵さまにも似ていないことはないが、あんなに欲を捨てきった顔ではない。

見覚えがある。それどころか、嫌な記憶が真夏のアリの行列のようにぞろぞろと蘇《よみがえ》ってくる。

「か、川村さま……!」

おったまげた。江戸でばったり出会うのは不思議ではない。いずれそんなこともあろうかと思っていた。だが、依頼人としてやってくるとは……。

川村忠右衛門。かつて佐渡の金山にともに潜入した上司である。将軍勅命の密偵、すなわちお庭番として。

お庭番の任務をうける家は決まっていて、わずか十七家の当主だけだった。川村忠右衛門もその一人である。

だが、わずか十七人で全国の隠密御用をつとめるのは不可能である。そこで、正式のお庭番を、当主の弟や家人たちが内密に手伝うようになっていた。佐平次はそっちの口である。

「そなた、なぜ、わしの名を……」

川村も驚いている。

見られるほうを嫌な気分にさせる下目遣いでまじまじと佐平次を見て、ふっと思い当たる記憶があったらしく、

「まさか……そなた、倉地朔之進か?」

恐る恐る訊《き》いてきた。ひさしぶりに耳にすると、自分の名前のような気がしない。

「はっ」

「痩《や》せたのか……」

「ええ。あのころは三十貫近くあったのが、いまじゃ十七貫ほどですから」

「それにしても、そなた、死んだはずではなかったのか」

よくも平気な顔で言えるものである。あんたに殺されかけたんだろうが、と喉まで出かかった。

「あいにくでしたな。岩が崩れたはずみで、抜け穴ができ、やっとのことで這《は》い出したんです。それもこれも、隙間に閉じ込められているあいだに痩せられたからですがね」

精一杯の皮肉をこめて言った。

だが、皮肉など通じる御仁ではなかった。

「馬鹿だのう。なぜ、桜田屋敷にもどらなかったのだ?」

「あっしは、あのとき死んだのです。お庭番の下っぱの倉地朔之進は、もう死んでいるんですよ」

「死んだとのう」

唖然《あぜん》とした表情の中に、微妙な感情も見え隠れしている。いくら端くれとはいえ、さまざまな秘密をのぞいてしまったお庭番が、やめたいといってやめられるはずがない。川村忠右衛門の顔はそう語っている。

「ところで、仕事の依頼じゃなかったんですかい？」

「そうだ。巷《ちまた》で評判の穴屋に依頼にきた。じつは、長崎に同行してもらいたい」

「長崎に？　そりゃあ、また……」

旅に出たい、いや、お巳よがいるこの長屋から離れたいとは思っていたが、長崎とはまた、ずいぶん遠いところだった。

お庭番がらみの仕事である。危険な旅になることはまちがいないだろう。だが、このままこの長屋にいたって、焦がれ死にしてしまうかも知れない。みっともない話だが。

だいたいが、お庭番の依頼を断れるわけがない。もしも断ろうものなら、夜中にもう一度やってきて、薬をもられ、眠ったところを駕籠《かご》で連れていかれる。お庭番の依頼というのは、そういう依頼なのだ。

「いいでしょう」

佐平次は、後悔しそうな予感も持ちながら、うなずいてしまった。

ひと月後――。
佐平次は、川村忠右衛門とともに長崎に到着した。

暦では秋が近いというのに、長崎の熱風は気が遠くなるほどだった。

ひと月ほどかけた、ゆっくりした旅だった。だが、歩く速度は遅くても、気分はのんびりしていたわけではない。むしろ、気疲ればかりの旅だった。

最初は遠慮もあったが、すぐにお庭番時代の上下関係が復活してしまった。ああしろ、こうしろと、佐平次はこきつかわれっぱなしだった。人使いが荒いのは変わらない。それに嫌とは言えないのは、骨まで染み付いた何かがあるのだろう。

とりあえず、山のあいだに長崎の海を眺めながら、

「それにしても川村さま。これは二度目の探索になるのでは？」

と訊いた。

「そうじゃ」

川村は嫌な顔をした。

お庭番の仕事は、生涯ただ一度と言われる。だが、どんなことにも例外があるように、川村忠右衛門も二度目の任務についたのである。

「それほど、川村さまの腕が見込まれているのでしょうね」

と、お世辞を言うと、

「うむ」

と、まんざらでもない顔をして、

「薩摩の密偵たちの動きが活発になっているらしくてな。まあ、薩摩と渡り合えるのは、わしぐらいと思われたのだろう」

「薩摩が？」

凄腕の密偵がそろっているのはこれまでも痛感している。幾度も煮え湯を飲まされてきた。こっちに来てから初めて薩摩の名を出したのは、川村の策略だろう。

市中に入る前に、郊外の鳴滝《なるたき》というところに来た。

ここらは景色のいいところである。

わきを小川が流れるゆるやかな坂道をたどった。山のふもとの小さな家のわきをさりげなく通り過ぎて、その家が見下ろせるところで立ち止まった。深い山に囲まれている。炎天下では耐えがたい暑さも、山を下りてくる風が吹き抜けるこのあたりは、むしろひんやりするくらいである。

通り過ぎてきた家には、大工や左官が七、八人、出入りしていて、増改築がおこなわれているらしい。

「あの家がそなたの仕事場だ」

「何をするので？」

「あの家に住む者を見張るための、のぞき穴や盗み聴きのための穴を地下から天井裏までははりめぐらせてもらいたい。その者のすべての行動を把握しなければならぬのだ」

「それほどの者ですか」

「うむ。そなたは自由に仕事をさせてもらえるように、大工や左官の棟梁《とうりょう》たちにはいいふくめてある」

そのとき、佐平次たちがのぼってきた坂道をやってくる五人ほどの男たちがいた。

「やつが来た」

川村は見つからないよう夏草の繁りの中に頭をさげた。

「先頭にいる男ですか」

「そうだ」

異人だった。

並はずれて大きい。髪が濃い茶色で、肌は赤みを帯びた白。鼻は高く、長く、目が奥のほうに引っ込んでいる。髭《ひげ》はない。手を後ろに組み、ゆっくり歩いてくる。落ち着き、堂々としたふるまいだった。

「何者です？」

「異人の名は長くて覚えにくいが、ようやく覚えた。フィリップ・フランツ・フォン・シーボルトという」

　オランダからやってきた医師だそうだ。深い学識を備え、老けて見えるが、まだ青年といっていい歳《とし》だという。

「あのシーボルトという医師、なにか怪しいのだ」

「怪しいというと？」

「それを調べるのよ。しかも、薩摩もからんできているので、気をつけるようにな」

「へい」

　と言ってしまったあと、穴をあけるだけならともかく、なぜ調べまで手伝わなければならないのかと、忌々しく思った。

「シーボルトは、あっという間に名医との評判を高め、出島から外に出て、ここに私塾をつくろうというのよ」

「私塾など許したのですか」

「うむ。シーボルトの持っている知識を得るには、そのほうが都合はいいらしい」

「お互いさまというわけですね」

「だが、その分、見張りも厳しくせねばならぬ。監視の穴が絶対に必要なのだ」

「あいかわらず、やることが小せえ」

と、佐平次は横を向いて言った。町人になりきって武士の世界を見ると、嫌悪を覚えることも多くなっている。

「なんだと」

「いや、なに。ところで、川村さまの他にお庭番は？」

いつ寝首をかかれるかもしれないので訊いた。

「いま、ここにはわしとそなただけだ。前にいた男は薩摩に潜入したので、もどるのはあと半年もしてからだろう」

「そうでしたか」

「では、出直すぞ」

佐平次は川村忠右衛門に連れられ、いったん長崎の町中の小さな屋敷に入った。長崎の町は坂が多く、山に囲まれている。この屋敷は、南側の山の中腹にあった。

長崎奉行の御用屋敷らしいが、洒落た庭がつくられ、そこから見える港の景色は絶景である。景である。屋敷には、もっぱら川村の面倒を見るのが仕事らしい、若い女中までいた。

隠密御用のわりには、恵まれた待遇である。だいたい隠密御用は、資金は潤沢である。それで危険な仕事であることを忘れさせようとでもいうのか、町人の暮らしに慣れた佐平次から見ると、そのあたりも武士の世界のちぐはぐなところだった。

この家でさらに詳しい話を聞き、股引《ももひ》きや印半纏《しるしばんてん》など、身支度をととのえた。

「以後、そなたとは直接、話はせぬ。連絡はすべて、判じ言葉でおこなう。お庭番の判じ言葉は覚えておるな」

「ええ」

判じ言葉はひとつではない。ふつうは「いろは」で何番目か後の字におきかえて書くことが多かった。たとえば「ばか」という言葉は三つ後の字にすると「へ」と「れ」で「べれ」となる。これでは何のことかわからない。

それを書きつけたものは、普請現場にある松の木の節穴に入れておくことにした。川村と話をしないですむことだけでも、すこし気が楽になった。

それから長崎市中の大工の棟梁の家につれていかれ、挨拶《あいさつ》をすませた。棟梁は大柄な、のんきそうな老人で、

「江戸から腕んよか職人がこられるというけん、楽しみにしとりました」

と言った。ただし、皮肉っぽい笑顔で、

「お役目ご苦労さんでございますな」

と付け加えたところを見ると、幕府の用であることは告げているらしい。だいたい

が、家のあちこちに穴をあけるというのだから、まともな職人や立派な人間がすることと思われるはずがなかった。

住まいは棟梁の家の敷地内にある棟割長屋をあてがわれた。ここから鳴滝の現場にかようのである。中島川という川にそって歩くのだが、ゆっくり歩いても四半刻《しはんとき》（約三十分）とかからない。見られたくない仕事のときは、夜中に往復することもたびたびあるはずだった。

布団に横になると、お巳よの顔が浮かんだ。出発する前、ちらりとだけ遠くに旅に出ると告げた。しばらくうつむき、上を向いたときには涙を浮かべて、

「早く帰ってきてね」

と、寝床の中のささやきのように甘い声で言ったものである。あの涙や言葉が嘘だとはとても思えなかった。

二

作業は順調に進んだ。

最初は母屋《おもや》と別棟が一棟あるだけだったらしいが、増築によって母屋は二階建てに

なり、さらに一棟を渡り廊下でつないで新築した。また、患者を収容したりするための別棟をあらたに二棟追加した。まさかシーボルトの揮毫《きごう》ではなかろうが、『鳴滝塾』という立派な看板もかかげられた。

佐平次は大工や職人たちにまじって、欄間の細工をしたり、丸窓をつくったり、さらには井戸がよくないというので、二つ目の井戸を掘ったりもしている。穴屋という商売は隠さずにいる。

十日ほどしてからである。昼休みに、横になっていると、

「あれは、いい窓だね」

と丸窓を指して、声をかけてきた男がいた。歳は佐平次と同じくらいか、何度も見かけている男である。

「そうですかい」

「おやじが大工だったので、子どもの頃から仕事を見てたから、良《よ》し悪《あ》しはわかるのさ。凄い腕の職人さんだと感心して見ていた」

見られていたのはわかっていた。もしかしたら別の筋の者かと警戒もしたが、あまりにおおっぴらな興味の示し方から、薄暗い世界の人間ではないだろうと思っていた。

「そいつはどうも」

「名乗るのが遅れたが、通詞《つうじ》見習いの中井喜三郎です」

シーボルトにはつねに通詞がついている。いつも複数いるのは、中井のような見習いもいるからなのか。

「あっしは佐平次という者で」

「江戸の人かね」

「へい」

「やっぱり、そうか。わざわざ江戸からねえ」

「へえ。ここで眼鏡橋や異人館のつくりを学んでくるよう、師匠から言われましてね」

そういう触れ込みになっている。

「中井さんは通詞ですか。てえしたもんだ。異国の言葉がわかるなんて」

「なあに、言葉なんてものはそう難しいものではない。どこの国の言葉だって、五、六歳になれば、ちゃんとしゃべれるようになる」

と謙遜した。頭脳は優秀なのだろうが、性格は人がよすぎて大丈夫かなと心配になるような男である。

「あの異人の先生はたいしたもんですねえ。見ただけでも、立派な医者だとわかりますよ」

「それはもう、たいした知識をお持ちだよ。ただ、シーボルト先生のオランダ語はちょっとおかしいんだ」

「へえ」

と、とぼけたが、シーボルトの素性は川村忠右衛門から聞いている。言葉がおかしいのは当たり前で、シーボルトはオランダ人ではない。ドイツ人なのである。それがお庭番たちが怪しいと睨《にら》んだ理由なのか。

「異国語が変だなんてことまでわかるなんて、てえしたもんですよ。いったい、どれくらいの数の言葉を覚えなさったんで？」

「せいぜい一万語くらいだろうね」

「一万語！　言葉てえのは、そんなにたくさんあるものなんですかい」

「その何倍もあるさ。でも、大事なのは日本語と意味がぴたりと重なるかどうかなんだよ」

「どういうことで？」

「たとえば、わたしはずっと悩んでいるのだが、リーフデという言葉があるんだ。エゲレスの言葉ではラブというんだがね。これは好きってことなんだが、ただ好きというよりもっと深い意味があるらしい。ところが、これをどの日本語に置き換えたらいいのか、なかなかしっくりこないのさ」

「好きの深い意味ですかい……」

佐平次は首をかしげた。だったら、「無茶苦茶好き」とでもすればいいのではないか。

ふと、塾生たちが慌しくなった。どうやら、シーボルトがやってきたらしい。シーボルトは、出島の居宅とここをいったりきたりしているが、弟子の何人かはすでにこちらに泊まりこんでいる。

シーボルトが来ることはすでに伝えられていたのだろう、まもなく数十人もの患者たちもぞろぞろと鳴滝塾の門前にやってきた。

中井も急いで、中に駆け込んでいった。

「おい、倉地」

「えっ」

呼ばれて思わず振り向いた。

「いや、佐平次」

いつの間にか、町人に変装した川村がそばに来ていた。のっそりしているようで、動きにそつがない。怖いようである。

目に非難の色があるのは、中井と親しげに話していたのを見たからだろう。あまり他人とは関わるなといわれているのだが、佐平次は地元の人と話さないで、何の旅かと思っている。

「薩摩から報《しら》せが来た。向こうの密偵が動き出した気配だという」

「なにゆえに？」

「わしは、シーボルトが抜け荷や密貿易にからんでいると見ているのだ」

「出島ぐるみではなく、シーボルト個人でということですか」

「それはわからん。上のほうもある程度は目こぼししてきたのだが、薩摩がからむとなれば、出島ぐるみだろうが、シーボルト個人のことだろうが、見逃すわけにはいくまいな」

「というと？」

「とりあえず、わしは機会を見て出島に潜入してみるつもりだ」

川村はさらりと言ったが、大変な仕事になるはずだった。

その日の夕方である。鳴滝塾に急患が運ばれてきた。いたいけな女の子が血を吐いていた。廊下で窓枠の取りつけをしていた佐平次は、シーボルトの医術を見てみようと、まだ戸のない診療用の部屋に顔を出した。

シーボルトが何か言い、中井が、

「肺病だ」

と通訳した。

——え、肺病だって。

先ほど、ちらりと見たとき、女の子の喉のあたりを異物が上下する気配があった。途中まで出そうとして、また飲み込んでしまったのだろう。血はその傷なのではないか。

佐平次はわきから口を出した。

「もしかしたら、何かを飲み込んだのでは」

近くにいた二人の塾生が、お前はどこの馬の骨だという顔で佐平次を見、シーボルトは一笑にふした。

「ちょっと、触らせてくだせえ」

佐平次は女の子の胸に手をあて、もう片方の手でその手を叩《たた》いた。二十一世紀の現代でもおこなわれる打診法であるが、十八世紀のウィーンの医師が始めたもので、日本にはまだつたわっていない。

「ほら、ここに金物がある」

「なんだと……」

シーボルトは仰天した。打診法を知識として知ってはいたが、まだ自分ではできないでいる。

それから佐平次がやったことにも、シーボルトは目を見張った。佐平次は竹の箸《はし》を炙《あぶ》って、先を曲げ、女の子の口を開けさせて、異物を取り出したのである。

「あなたは医者かね？」

通詞の中井をとおして訊いてきた。

「滅相もねえ。あっしは、ただの穴屋でございます」

中井は困った顔をした。穴屋をなんと訳したらいいのかわからないのだ。

佐平次は穴屋の説明をした。この現場では丸窓も開けるし、井戸も掘る。ほかにも、笛の穴でも猫の鼻輪でも、穴ならなんでもあけるのが商売なので……と。

「すると、のぞき穴もあけるのだな」

シーボルトはニヤリとした。

「ええ。あけろと言われれば、あけますが……これも穴屋の仕事のうちで」

つくりかけだった根付を出して見せた。まだまだ未完成だが、普通の人が見て仰天する程度の技術は駆使している。

シーボルトは開いた内臓を目を近づけて見つめ、驚嘆した。

「こ、これは完成したらゆずってくれないか。妻にプレゼントしたいのだ」

「わかりました。では、あっしがここを去るときまでには完成させておきますよ」

佐平次はうなずいて言った。

「凄いね、シーボルト先生が驚いておられたぞ。日本の職人は凄い。世界のどこに行っても通用すると」

中井は、自分がほめられたように誇らしげな顔で言った。

「そう言っていただくと、あっしも光栄ってもんで」

佐平次も意気揚々と仕事にもどった。

夕方には、シーボルトは出島に戻っていったが、なんとかシーボルトに診てもらおうと、次々と患者がやってきている。

いまも、向こうから青黒い顔の女が、疲れ切った足取りでやってきた。

何度も見かけた顔だ。

歳は四十くらいかと思ったが、本当はもっと若いのかもしれない。やつれているが、きれいな目鼻だちをしている。健康だったときはさぞかし美しかっただろう。

途中の道でしゃがみこんだ。

「大丈夫ですか」

中井が駆け寄り、佐平次が後につづいた。

青黒い顔で、腕は細く、立ち上がるのもやっとのようすである。

佐平次は背負ってあげた。子どものように軽い。鳴滝塾の門をくぐると、背中で気を失った。

「おのぶさん。しっかりしろ」

塾生たちはよく知った患者らしい。急いで診療部屋に運び込んだ。

あそこまで悪くなってもシーボルトは助けることができるのだろうか。西洋の薬や医学はそれほどまでに進んでいるのだろうか——佐平次は信じられない。

三

長崎に来てから二十日ほどが過ぎた。すでに、のぞき穴も二つはあけた。

――この仕事が終われば、自分は始末される……。

そんな恐怖がある。あるいは、お庭番の手下にもどることを強要されるのか。いずれにせよ、このまま気楽な穴屋稼業をつづけていくのは難しいだろう。

それならいっそ、その前に川村忠右衛門を殺《や》ってしまうか。だが、川村は顔からは想像しにくいが恐ろしく腕が立つ。とても勝てる自信はない。

「おい、佐平次。これから丸山に繰り出すぜ」

ひさしぶりに早めに仕事が終わった日。大工の仲間が声をかけてきた。長崎に来て、三日目あたりに、丸山に誘われて酒を飲んだ。そのときはまだ、向こうにもこっちにも、警戒するような気配があったが、仕事をするうちに、長崎の職人たちともすっかり打ち解けている。腕さえよければ、認めてくれるのは、江戸も長崎も同じである。職人気質というやつなのだ。

七人ほど連れ立って、川沿いの道を下った。

海辺の手前を左に折れると、江戸でも知られた遊廓街の丸山である。まだ日暮れまでは間があるのに、男たちがぞろぞろ歩きをはじめている。

「今日はちょいといいところに上がるぜ」

と、大工の兄貴分が言い、『西海楼』と看板がある店に入った。親方から、まとまった金を渡されたらしい。

　二階の座敷に上がり、酒のしたくができるのを待つ。佐平次は窓辺に腰を下ろし、下の通りを眺めた。吉原とも四宿《ししゅく》とも、深川あたりとも違う、不思議な町のたたずまいである。通りはさほど狭くなく、店々の軒に下げられた提灯《ちょうちん》が、異国情緒をかきたてる。そういえばこの座敷も、天井の木組みや、ふすまの絵なども、江戸とはちがって、南蛮の風物の匂いがする。

「お待たせ」

「今日は帰さんよ」

　女たちが五人ほど上がってくると、たちまちにぎやかな酒宴になった。

　江戸の遊びより、ずいぶん陽気な席である。歌や踊りもにぎやかで、箸をつかった拳遊びで脱ぐの脱がないのと大騒ぎになる。

「この佐平次さんは、江戸から来た職人だぜ」

「まあ、どうりでようすがいいと思ったよ」

と言った女の顔立ちも、どことなく江戸の女とは違う。目鼻立ちが大づくりなのだ。

　拳遊びで負けると、着物を脱ぎはじめた。

「くそぉ。また、負けたよ」

「おいおい、箸を振り回すな。危ねえぞ」

「うるさいね。突っつくぞ」

女は襦袢《じゅばん》一枚になった。今度負けたらどうするのだろう。

「そういえば、神代の昔に、箸でおそそを突いて死んだ神さまがいたんだとか」

「あら、あたしは大丈夫さ。だって、小野小町だからね」

「なにが小町だ。この前なんか、あんまり広くて、おれは溺《おぼ》れそうになっちまったぜ」

「ひどいね」

そんな騒ぎに、佐平次が耳を澄まし、

「ちょいと、待ってくんな」

と、口をはさんだ。

「あら、江戸のお人。急に真剣な顔してどうしたんだい」

「さっき、なんて言った？　なんで、大丈夫だって？」

「小野小町ってかい」

「それって？」

「あら、知らないの。生まれつき、女の大事な穴を持っていない女がいるのさ。なんでも、小野小町って人がそうだったらしいよ」

「ああ、そうか。小野小町か……」

話としては聞いていた。だが、実際にいるとは考えもしなかった。お巳よがいざとなると冷たくなってしまうのは、もしかしてその小野小町だからじゃないか……。

「あ、南蛮船が入った」

と、女の一人が外を指差した。

皆、窓辺に寄った。

「見に行こうよ」

「行こう、行こう」

佐平次もつきあうことになった。

海までは、歩いてすぐである。

港は夕凪《ゆうなぎ》で西陽に赤く輝いていた。陽射しは長く天にはりつきすぎて、疲れたというように、重たげだった。

「これが南蛮船かあ」

佐平次はため息をつくように言った。南蛮船を見るのははじめてだった。大きな帆船である。降ろされはじめた帆が風にはためくさまは、風格さえ感じさせる。

その南蛮船から艀《はしけ》が離れた。荷揚げがおこなわれていて、二艘《そう》の艀が出島と南蛮船のあいだを往復しているのだ。

佐平次たちがいる場所の左手に突き出た出島は、扇形をした人工の島だった。石垣で縁取られ、出入り口には頑丈な門がある。ここは南蛮人の城のようなものなのか。だとしたら、いろんな仕掛けも施されているのだろう。

出島のほうにも、何人かの女たちが出て、南蛮船を眺めている。

「お滝さんじゃないかい」

こっちから遊女が声をかけると、一人の女が振り向いた。

その顔に、佐平次は一瞬、どきりとする。ちんまりした顔。はっきりしているが、そう大きくはない目。小さな口。このあたりでは珍しいほうの顔立ちではないか。お巳よに似ていた。お巳よよりも若いかもしれない。遊女には見えない。

「お滝さんは、シーボルト先生の奥さんになった人だよ」

「へえ」

お滝さんは灰色と紺色が混じったような、不思議な毛色をした仔猫を抱いている。日本の猫ではなく、海外から持ってきた猫ではないか。船乗りが猫を守り神として大事にするとは聞いたことがある。

「さあて、そろそろもどるぞ」

ふと、左手のほうを見ると、野菜売りに化けた川村忠右衛門がうろうろしているのが見えた。

——いまから潜入する気か？

お庭番をやめたいまとなっては、つくづく危険な仕事だったと、佐平次は背筋を寒くした。

四

その翌々日——。

信じられないことが起きた。

朝早くから鳴滝塾では大騒ぎが持ち上がった。庭に男の死体が転がっていたのだ。

その死体はなんと、川村忠右衛門だった。

死骸《しがい》はふんどし一本であおむけに横たわり、あざけるように上腹部に×印が描かれていた。死因はよくわからないが、首筋に小さな傷が見えている。鋭利な刃物で、急所を一突きされたのかもしれない。

――あの男が……。

川村は人物こそ俗のきわみのような男だが隠密としては凄腕である。剣もできるし、さまざまな格闘術も身につけている。佐平次も剣には自信がないわけではないが、野外で戦ったら、絶対に勝てないと思ってきた。

やったのはやはり薩摩の密偵なのか？

佐平次は、薩摩に恨みはない。むしろ興味がある。それほど凄腕の忍びの者が大勢いるのか。

すこししてシーボルトも駆けつけてきた。

「お前たちはあっちへ行け」

集まっていた大工や、手伝いの者たちは庭の外に追いやられた。だが、外に出される前に、塾生の一人が遺体にくくり付けられていた文を読む声が聞こえた。

「この男、お庭番だ。死ぬ前になにか飲み込んだ、とあります」

シーボルトと鳴滝塾の幹部らは顔を見合わせた。

「役人を呼ぶ前に、取り出してしまおう」

一人がそう言った。

佐平次は、庭から出されると、急いで裏手にまわった。

さらに、物置の下から軒下へと忍びこんだ。これも、佐平次がひそかにつくっておいたのぞき穴への道筋である。

シーボルトたちは、屋敷の南側にある板張りの部屋に集まっていた。中央の寝台に川村の遺体が載せられた。

シーボルトが手術をするのを、ここからのぞくのは初めてではない。

手術は寝かせてやるとは限らない。椅子に座らせるか、立たしたままやるときもある。患者があばれないよう、数人がかりで押さえつけていた。

だが、川村はすでに死んでいる。腹を切るのも楽なものだろう。弟子の一人が無造作に×印のあたりを切り、紙切れを取り出した。

「なんだ、これは」

「よひほらうよつさはわ……」

通詞見習いの中井がゆっくりと読み上げた。

佐平次はすぐにわかった。自分への伝言だった。松の木の節穴に埋め込むつもりだったのだ。その松の木の前で、川村は殺されていた。

「よひほらうよつさはわ　ざひふくびみのへぼろまうかゆまつ」

中井は二度、ゆっくりと読んだ。

判じ言葉である。シーボルトたちには何のことだかわからない。

だが、佐平次にはわかった。今日は八月二日。「いろは」のふたつ前の文字に置き換えるのだ。

川村忠右衛門は、佐平次に別の指令をあたえようとしていたのだ。

「わしは狙《ねら》われている。出島の十二番蔵をさぐれ」

その夜——。

佐平次は出島に潜入した。遠くから迂回《うかい》し、沖から出島に泳ぎついた。

——なぜ、おれが……。

佐平次は自分でも不思議だった。お庭番をやめたつもりなのに、どうしてこんな危ないことに首を突っ込まなければならないのか。自分の身体に、お庭番という仕事が刻みこまれてしまったのかもしれなかった。

風はなく、空に雲が多い。海は真っ暗だった。

出島の広さはおよそ四千坪。警戒はきびしい。ところどころに常夜灯があり、篝火《かがりび》も焚《た》かれている。橋をわたったところに大きな門があり、出入りする者は厳しく調べられる。そこだけでなく、海沿いの道にも木戸があり、ここに来る者は二度の調べをうける。

佐平次は海から、波打ち際に建てられた建物へと攀《よ》じ登った。

そそり立った石垣。高い塀。

――これは、やっぱり城だ。

川村忠右衛門は、昨夜、ここに潜入し、十二番蔵というところに何かを見つけたのか。だが、「狙われている」と書いたのは、誰かに尾《つ》けられたり、見張られているのを察知したのか。直接、佐平次に接触してこなかったところを考えると、自分とのつながりを隠そうとするためでもあるのだろう。

だが、川村の潜入が知られていたなら、いまごろは警戒も厳重なものになっているはずだった。

菜園がある。日本にはない野菜をつくっているらしい。

牛が四頭ほどいて、こちらに頭をむけた。牛酪《ぎゅうらく》をつくっているとも聞いていた。

次にのぞいたのは、台所らしい。どきりとした。調理台の上に肉塊があった。一瞬、人かと思ったが、豚の死骸だった。

カピタンや南蛮船の乗組員、商館員などが住むいくつかの棟のほかは、ほとんどが輸入品を保管する蔵である。

異国の言葉が聞こえた。

そちらの建物に近づいた。

窓の中で、出島のあるじとされるカピタンらしき男と、シーボルトが何か話しているのが見えた。その他、コチコチという音が混じるのは、時計が時を刻む音らしかった。

ランプの明かりが明るいので、何を言っているかはともかく、二人の表情ははっきり見えた。その向こうには鏡があった。それで窓の外を見ると、佐平次の姿も映るかもしれない。佐平次は鏡の面をはずれるよう、横に動いた。

カピタンは太い棒を翳《かざ》っていた。だが、口から離すと、紫色の煙が流れた。葉巻というやつだった。しばらくして、窓の外にもいい香りが流れ出てきた。

話の区切りがついたようで、シーボルトは笑った。

その笑いは、どんな病人にも懇切に医療をほどこす聖人の笑顔ではなかった。だが、悪人の笑いというのでもない。奥行きのある人間が、なにかを摑《つか》み取ったときのえぐみのある笑いだった。

それからカピタンは建物を出て、出島の玄関口のほうへ歩いていった。いまから、出かけるのだろうか。シーボルトは二階にある自分の部屋にもどった。

二階の窓の向こうにシーボルトとお滝さんが見えた。軽やかで澄んだ音色が聞こえる。不思議な音色である。西洋の楽器らしい。弾いているのはお滝さんらしい。

突然、窓が開いた。

「あお、あお」

と何かを呼ぶようだった。

「どこかへ出ていったのかしら」

その言葉で、あの仔猫のことかとわかった。

さっきとはまるでちがった表情でシーボルトが笑った。

通詞の中井が言っていたリーフデとかなんとかいった言葉を思い出した。

――これが十二番蔵だ。

日本人向けに小さな木札が貼ってあった。それには「十二番」とあった。

しばらくようすを窺《うかが》った。

入り口には、太い錠前がかけてある。

佐平次は、腰にくくりつけた袋から、針金を取り出した。これを鍵穴に入れ、中の引っかかりを探った。カチャッと音がして、錠前は外れた。

蔵の中を見渡した。正面の壁に、木箱が山積みされている。かんなもかけていない肌の粗い板の木箱である。日本人はこんなだらしのない箱はつくらない。これが、川村が告げた密貿易の現物なのか。

何かの気配があった。二つの目が光った。

――あの仔猫だ。

高窓が開いているので、猫もそこから入ったのか。その高窓からは向こうにある常夜灯の明かりもかすかに流れ込んでいる。

佐平次は目が慣れるまで、しばらくそこで待った。仔猫も首をかしげて、こちらを見つめている。そのしぐさはかわいい。

日本の猫とはまるでちがう。毛がフサフサして、目が光ると青みをたたえる。異人には目の青い者もいるというが、猫までそうとは驚きだった。

佐平次は仔猫のいる木箱に近づこうと、足を踏み出した。

ふいに身体がいきなり倒れたように横になった。足元の床が消えていた。しかけられた穴に落ちたのだ。

宙の中で佐平次は思った。

――おい。穴屋が穴に落ちてどうする。

五

遠くで半鐘が鳴っている。

部屋の中に積み重ねられた箱の中のヘビたちが、かさこそと動き出している。不安を感じているのだろうか。ヘビは鈍そうに見えて、勘の鋭い生きものなのだ。

「どうした？　怖いの」

お巳よは、ヘビたちに声をかけてから、外に出て、半鐘が鳴っている方角を確かめた。風下である。

「大丈夫だよ。ここまでは来ないし、来たとしても、あたしがついているからね」

マムシが一匹、土間で身体をくねらせている。這い出してきたのは、ずいぶん慌てたからだ。この子がいちばん臆病なのだ。毒を持つ子のほうが臆病なのはなぜだろう。

お巳よはマムシをひょいと指でつまんで、箱にもどした。

いざとなれば、ヘビたちを一つの箱にまとめ、かついで逃げるつもりである。この子たちを焼死させることは絶対にできない。

お巳よの声に安心したのか、ヘビたちはおとなしくなった。

「佐平次さんが、火事に巻き込まれたりなどしてないだろうねえ」

佐平次がまさか長崎まで行ったなんてことは知らない。だから、ひと月以上も戻っていない佐平次のことが気になってならない。

──どうして、こんなにあの人のことが。

佐平次が好きなのだ。初めてとは言わないが、ひさしぶりの恋心である。強く抱きしめられ、女の身体を貫いてもらいたいのだ。

──でも、それは無理。所詮《しょせん》は結ばれない仲なのに。だって、あたしにはあれがないんだから……。

大店《おおだな》の一人娘として、何不自由ない少女時代を過ごした。まさか、万に一つの不幸が、自分の身にはりついていようなどと思ってもみなかった。

最初は、同じ歳ごろの友だちとの話から疑問を持った。早熟の子はすでに初潮を迎えていて、そんな話題になったときである。どこから? どの穴だって? お巳よには、そんなものがあるという実感がなかった。手で触ってみても、やっぱりなかった。友だちにそのことを告げると、冷たい口調で言われた。「あんた、変」と。

自分の身体を恨んだこともあった。親を呪いもした。十二の歳からぐれだしたのも、そのせいだった。

ヘビはその頃から、ひどくかわいいものに思えてきた。

――もしかして……。

お巳よはあるモノとの形状が似ていることに気づいた。

――だから、ヘビが好きなのかしら……。

ヘビよりも、むしろ自分の気持ちが気味の悪いものに思えた。

――ないものねだり?

心は暗くて深い穴のようなものだと思う。どんな気持ちが隠れているか、自分にだってわからない。

穴のことから、また、穴屋佐平次を思い出した。

――あの佐平次さんにも心の穴はあるのかしら。

爽《さわ》やかな笑顔である。自分の腕に自信を持ち、穴をあけることに生きがいすら抱いている。職人のきれいさがある。ただ、わからないところもある。子どものときや、過去の話をしたがらない。それに、剣術の腕が立つ。もしかして、本当は侍なんじゃないかしら。

その佐平次になにかあったのでは、と思うといても立ってもいられない。

「早く帰ってきて、佐平次さん」

と口に出して言うと、ヘビたちがざわざわといっせいに動いた。

誰かが自分の名を呼んだような気がした。いや、呼ばれただけでなく、どこかで鐘も鳴ったようだった。

——ここは？

佐平次は地下の穴蔵の中にいた。

どれくらい気を失ってしまったのか。そう長くはないはずである。すぐに覚醒した。動き出さずに、まずは状況をたしかめたい。静かに身体全体に力を入れてみる。肩のあたりに痛みがあったが、折れているようなことはない。

「誰か、落ちたぞ」

上で声がすると、男が二人ほど、蔵の中に入ってきたようだった。たぶん、落とし穴が開くと、どこかで鐘が鳴ったりする仕掛けなのだろう。上が明るくなり、提灯がこっちに向けられた。佐平次は動かずに目を閉じている。

「やっぱり、いるぞ。気を失ってるみてえだ」

「大方、盗っ人でも入りこんだのだろう」

「カピタンが戻ってくるまで、このままにしておくか」

「ああ、ふたはあげておけよ」

上の落とし穴が閉じられ、闇《やみ》に包まれた。閉まる瞬間に、穴全体はざっと見渡しておいた。六畳ほどの広さで、いかにも隠し部屋めいていた。ここは密貿易の品物を隠しておく倉庫のようなところなのか。

カピタンは出かけたらしい。シーボルトには報告しなくていいのだろうか。ということは、出島のことを把握しているのはやはりカピタンで、シーボルトはたいした役目は担っていないのかもしれない。

身体を起こし、膝を抱えて、真っ暗な中でじっとしている。

なぜかしきりと子どもの頃のことが蘇る。桜田御用屋敷にいた時分のことである。

佐平次は倉地家当主が使い走りのくノ一に産ませた子だった。そのため、正妻や兄たちから疎《うと》まれた。意地の悪い兄たちで、何かというと体罰がくわえられ、屋敷の土蔵に閉じ込められることはしばしばだった。

あのころの恐怖が蘇ってきた。動悸が激しくなっている。

土蔵は庭の隅の木立の中にあり、もうほとんど使われてはいなかった。もとは味噌や醤油を仕込んだ蔵とかで、ここで女中が自害したという噂《うわさ》もあった。重い扉を閉められると、中は真っ暗になった。

子どものときの恐怖は、身体の奥深くに刻みこまれ、大人になったあともなかなか癒えることがない。しかも、佐渡では金山の坑道が崩れて閉じ込められ、生死の境をさまよった。

佐平次は、いくつかの恐怖の思い出が重なり、出島の穴蔵でこまかく震えはじめた。

そのとき、天井の隅から小さな光が洩《も》れてくるのに気づいた。

針の穴ほどのかすかな穴。それが、一つ、二つ、三つ。目のいい佐平次でなかったら、見つけることさえできなかっただろう。

——穴があれば、大丈夫だ。

希望に灯がともった。

——あの頃もそうだった。

土蔵にも小さな穴があり、その穴から差し込む光は、幼い佐平次にとっては命に通じる糸だった。希望の星だった。

——そうか。だから、おれは……。

佐平次は自分がなぜ、穴を開けるのに熱心になったのか、その理由に初めて気がついた。

一刻《いっとき》（約二時間）もすると、ずいぶん闇に目が慣れてきた。
天井の隙間からおしろいの粉のように光が降ってきている。およそ二間半はあるだろう。

——どうやって逃げようか。

懐に手をやった。凄腕の薩摩の密偵などにそなえて、刀こそないが、身体のいたるところに武器になるものを身につけてきた。苦無《くない》、穴をあけるときの七つ道具、火打ち石、鎖の紐など……。

周囲は石壁である。

穴をあけられるか、丹念に探った。四角に切られた大きな石が組み合わされている。それでも穴をあけられないほどではないが、嫌な予感もする。この島自体が人工の島なのだ。かすかに潮の匂いがする。もし、穴をあけようものなら、海水が噴き出してくるかもしれない。

——石壁に穴をあけるのはやめたほうがいい……。

荷物はほとんど何もないが、隅っこに箱がいくつか、置いてある。横三尺、縦五尺ほどのやはり荒削りの板でつくられた箱だが、積み重ねるときのためだろう、かなり頑丈なものである。

その箱のそばに寄ろうとして、ギョッとした。誰かいる。

「誰だ?」

「シャーッ」

という声がした。人ではない。思い出した。あの仔猫も、佐平次といっしょに落ちたらしい。

鳴かない猫である。

「大丈夫だ。怖くないぞ」

と話しかけながらそっと抱き上げると、かすかに喉を鳴らす。意外に人なつっこい猫なのか。

──おめえも、心に傷でも負ったのかい。

仔猫を降ろし、箱の中身を確かめた。何か入っている。火打ち石で小さな灯火をつくった。

黒い豆である。つまむと固い。アヘンなら、すぐにつぶれ、中身は白いはずだが、これはつぶすことも難しく、いくらか焦げ臭いがいい匂いがする。

毒ではなさそうである。少し噛んでみた。恐ろしく苦い。だが、この香りは素晴らしい。もしかしたら、南蛮のわさびのようなものなのかもしれない。ここから出たあとに確かめるため、数粒、たもとに入れた。

中身を外に出し、箱を縦にして積みかさねた。高くなったはいいが、登るのは容易ではない。すこしずつ箱をずらし、どうにか足がかりをつくった。

いちばん上に立つと、天井に手が届いた。

下から穴のふたを押したり引いたりしてみる。ふたが開けば、自力で攀じ登ることができる。

だが、上でかんぬきでもかけたらしく、どうしても開かない。

そのうち上で物音がしてきた。やつらがもどってきたらしい。

「まだ、気を失ってるのかな。ちょっと開けてみようか」

「やめておけ」

開けてくれないと困る。いったん下に降り、仔猫を抱えて、もう一度、上に登った。

「ニャーオ」

と佐平次が鳴いた。仔猫が驚いたように佐平次を見た。

「おい、猫が鳴いたぞ」

「シーボルトの女の猫じゃねえか。さっき探してたぜ」

「あの猫はたしか、鳴かないはずだぞ。嵐にあって、潮水をかぶってから鳴かなくなっちまったと聞いたがな」

「だが、あの猫はよく、この蔵に入りこんでいたぞ」

「いっしょに落ちたのかも。開けてみろ」

ふたが開いた。

佐平次は猫を男の顔をめがけて投げた。

「うわっ」

二人が驚いてのけぞった隙に、佐平次はすばやく手をかけ、這い上がった。

「てめえ」

叫ぼうとした二人に当て身を入れ、下の穴蔵に蹴り落とした。二人が持っていた提灯を下にかざす。気絶してはいないが、痛みでうめくのが精一杯で、大声も出ないらしい。姿から見て、武士ではない。真っ黒に日焼けしている。海賊同様の荒くれ男たちだろう。

蔵の戸を開け、仔猫を外に出してやる。

「猫ちゃん。助かったぜ」

佐平次は十二番蔵から出ると、すぐに海に入った。

危うい目にはあったが、収穫はない。昨夜はあの蔵の地下に何がおさめられていたのか。おそらく密貿易の品であったのだろうが、すでに空っぽだった。川村はあの蔵の中までは潜入できなかったのではないか。

夜明けが近づいていて、後ろの山陰が薄青い色に染まりはじめていた。

六

翌日も――。

佐平次は、鳴滝の仕事場に出た。もう工事も最後の仕上げといったところで、畳屋や経師屋も入っている。

――このまま逃げたら……。

また、江戸で気楽な穴屋稼業をつづけることができるかもしれないのだ。

おそらく、お庭番でこの地に来ているのは、川村忠右衛門だけのはずである。その川村は、もしかしたら佐平次が生存していることをつたえる前に死んだかもしれない。

鳴滝塾ののぞき穴が完成すれば、江戸から応援の人員もやってくるのかもしれないが、まだそんな気配はない。

だが、佐平次はもうすこしここにいてみるつもりになっている。

——川村を殺した者も確かめたい。

あれほど凄腕のお庭番を倒したのは、やはり薩摩の密偵なのか。お庭番と薩摩の密偵とは長いこと、暗闘を繰り広げてきた。いまや、さほど理由はなくても、相手がどちらかの忍者とわかったなら、必ず倒そうとするだろう。まして、薩摩がシーボルトやカピタンなどと組んで密貿易をやっているなら、その尻尾《しっぽ》を捕まえた気配のある川村忠右衛門は早晩、狙われたはずである。

——仇《かたき》を取ってやるとまでは言わないが、どんなヤツが倒したのかくらいは確かめたい。

それに、急にこの現場からいなくなるほうが、敵に疑いを抱かせる。このまま現場で仕事をまっとうし、自然に去ったほうがいい。

さらに、佐平次にはもっと見たいものがあった。シーボルトの本格的な開腹手術である。

人体に穴をあけるとしたら、当然、多大の危険をともなう。出血もあれば、膿《う》んだりもする。もちろん命にもかかわる。それを防ぐためオランダ医学ではさまざまな方法が取られるのだろう。

そのすべてを盗み見たい。佐平次は危険をおかしてまで、シーボルトの医術を盗みたかった。お巳よのために……。もしも、お巳よが小町だったら、おれの手術で新たに穴をつくってやりたい。そのときこそ、お巳よはまちがいなく、おれの女になるだろう。

鳴滝塾での診療が本格的にはじまっている。病人は引きも切らずといった盛況ぶりだし、病人だけでなく日本全国から医師たちも訪れてきている。

ここにいれば、そうした手術を見る機会もありそうだった。

「よう、佐平次さん。めずらしい飲み物を持ってきてやったぞ」

お茶の時間に、通詞の中井が、茶碗が載ったお盆を持ってきた。そのお茶が真っ黒であるのに驚いた。

「ほうじ茶ですかい？」

「コッフィというのだ。いい香りがするだろう」

「ほんとですねえ」

その香りは、穴蔵で見つけた豆の香りだった。

「うまいものだけど、日本人の口には合わないらしく、まったく売れないんだそうだ」

「ははあ」

穴蔵には、売れ残りが置いてあったのだ。やはりあれは密輸品ではない。

恐々《こわごわ》その黒いコッフィを飲んでみる。香りはいいが、苦い。

「薬ですかい？」

「これに牛の乳と砂糖を入れて飲むと、凄くうまいんだよ」

「牛の乳を？」

牛の乳は飲んだことがある。臭いと言って毛嫌いする人も多いが、佐平次にはうまかった。たしかに、あれと合わせると、この苦味は薄められ、うまいかもしれない。

「ああ、そうそう。このあいだ話した言葉だがね」

「あ、リーフデとかいった……」

「そう。書けばこうなんだが」

と、中井は地面に棒の先でそれを書いてみせた。

「これの、いい訳を見つけたんだ。愛と訳すことにしたよ」

「愛……」

明治時代に、北村透谷が使って一般的になったとされるが、それ以前からなかったわけではない。戦国のころには、上杉家の家老直江兼続が、この「愛」の字を前立《まえだて》にした兜《かぶと》をかぶっていた。

「そう。慈愛の愛、敬愛の愛。深い心から湧きいずる、相手をいつくしむ気持ちのことをあらわしたいのさ。あなたを愛してる、と言えば、好きよりもずっと相手のことを考えているってことだ」

「それは、男と女のあいだの好きという気持ちとは、まったく別物なのでしょうか？」

「いや、男女のことでも使うな。だが、好いた、惚れたよりは、もっと本気の度合いが強いのだ」

「そうか。愛か……」

佐平次はお巳よのことを思った。男と女の仲になれないため、煩悶してきた。だが、それだけなのか。たとえ、あいつと男と女の仲になれなくても、お巳よのことを忘れることはできない。おれはお巳よを愛している……。

「おおい、手伝ってくれ！」

「みんな来い」

ふいに門のあたりが騒がしくなった。中井は急いで、奥にいるシーボルトのほうへ駆けつけていった。

以前、佐平次が背負ってやったおのぶという女が、戸板に寝たまま、運ばれてきた。中島川のほとりあたりで倒れていたという。ぴくりともしない。死んではいないらしいが、衰弱が激しい。

「だから、無理だと言っただろうが」

止めるのを聞かず、ここから出ていったらしい。だが、病だからといって、ゆっくり養生などしていられないのが庶民というものである。

「手術だ」

「大手術になるぞ」

と、シーボルトの言葉を中井がつたえた。

「わかりました」

ここの医師たちはみな、親身だった。

佐平次は、窓から見える彼らの献身的な治療には、いつも感心していた。こんなときのシーボルトはつくづく善人に見える。むろん人は善一色や、悪一色に染まるものではなく、まだらのようになっているのだろうが。

——これも愛というものなのか。

「あのう……」

シーボルトと通詞の中井の顔を交互に見ながら、

「シーボルト先生の手術を拝見したいんですが」

と、佐平次は言った。のぞき穴から垣間《かいま》見るのではなく、すぐ間近で質感や色合いまでじっくり眺めてみたい。

「医師でもないのになにゆえに？」

中井がシーボルトの疑問をつたえた。

「人の身体に穴を開けるための手管を学びたくて」

「穴を？」

「ええ、じつは……」

佐平次は、手短かにお巳よについての推測を語った。小野小町のことを。

「それは難しいが、できなくはないかもしれない。わかった。見るがいい」

シーボルトは目に温かい笑みを浮かべてうなずいた。

七

手術は夜になった。ある限りの洋灯やろうそくが手術室に運ばれ、昼のような明るさになった。

塾生たちもぞろぞろと手術室に入った。四人だけがすぐそばで手術を手伝い、ほかは台から離れたところで邪魔にならないよう見学した。また、中井ともう一人の通詞がすぐ後ろにいて、シーボルトの言葉をつたえた。

おのぶは、腹に腫物《はれもの》ができているらしい。

手術用の寝台に、ほとんど素裸で横になっている。すっかり弱りきっているのか、死んだように眠っている。手足や腰を寝台に縛りつけた縄が痛々しい。

寝台のわきに、きちんと道具が並べられている。

ハサミや小刀が多い。どれも、細長く、きゃしゃとも思えるつくりである。だが、佐平次にはそれらの道具が使い勝手がよく、繊細な仕事をするのにふさわしいものであることが一目で見て取れた。

「はじめます」

シーボルトは妙な調子だが、日本語で言った。

「はい」

塾生たちは緊張した顔でうなずいた。これまでも手術は何度もやってきたはずだが、今日のはとくに難しい手術になるらしい。

おのぶの胃のあたりが鋭い小刀でさっと切り開かれた。魚の白い腹を切ったように見えたが、噴き出る血の量がちがう。おのぶの身体がのけぞるように動いたが、縛りつけられていて、そうは動けない。

血が左右に流れる。かまわず、両脇の塾生が切り開いたところを左右に引いて、裂け目を大きく開けた。内臓が見えた。桃色の臓物が、腹いっぱい詰まっている。やはり実物の質感はちがう。つるつるして、しかもみっしりひしめいている感じである。

「これが胃だ。全部、摘出する」

シーボルトは大きな手だが、器用に手術道具を使う。

「全部、取るのですか？」

塾生の一人が驚いたように訊いた。

「そうだ。取ったらすぐに、食道と腸をつなぐ」

と、シーボルトは周囲を見渡して言った。

そんなことができるのか。胃袋を取ったら、食ったものはどうなるのか？　佐平次には想像もつかない。

そこからは凝視しつづけた。あまりにも力がこもり、息をしていた気がしない。首と肩はかちかちになって、頭はもげてしまったように感じた。

手術が終わったのは、二刻（約四時間）ほど経ったころだった。

シーボルトばかりか、見守った塾生全員がぐったりした顔になっている。

佐平次は、廊下で汗を拭《ふ》いているシーボルトに訊いた。

「助かるんですか、あの女は？」

佐平次とのやりとりは、すぐに通詞の中井があいだで訳してくれる。

「難しいな。ほかにも腫瘍が転移している」

「では……」

こんな大変な思いをさせなくてもよかったのではないか。安らかに眠りにつけてあげたほうが。

佐平次のそんな思いを感じ取ったのか、シーボルトは、

「やれるだけのことはやる。患者に諦《あきら》めることをさせない」

と、強い調子で言った。

それが南蛮の医療なのか、あるいはシーボルト個人の信念なのか、佐平次にはわからなかった。


その夜――。

佐平次は遅くなって帰り道の足元が危ないため、建造途中の離れで寝ることにした。疲れていたのですぐに寝ついたのだが、夜半過ぎぐらいにふと目を覚ました。縫いつけた女の腹でぶちぶちと糸が切れ、ふたたび裂けていく夢が生々しかった。

――女は生きてるのか？

気になって、おのぶが寝ている部屋をのぞきに来てみた。

手術室の隣で、もっと低い寝台の上に寝かされていた。交代で誰かが見張りにきているらしく、替えたばかりの長いろうそくが小さな炎を揺らしている。

鼻の上に手を当てた。かすかに息をしている。

――ん？

おのぶの足の指がひくひく動き出した。白い小さなきのこが、雨を浴びて育っていくときのように見えた。佐平次はその足の指の動きに目を奪われた。

そのとき、おのぶがいきなり佐平次の首に腕を回してきた。

――げっ。

あまりの驚きで、身体が凍りついた。幽霊が逆立ちしてあらわれても、こんなには驚かない。

女が苦しそうな声で言った。

「出島に忍びこんだね……あんたもお庭番か」

おのぶは、佐平次のたもとから、あのコッフィの豆をつまみ出していた。この豆の匂いのせいだった。たもとに入れておいたのを忘れていたのだ。

「まさか。あんたが薩摩の密偵とは……」

川村忠右衛門を殺したのもこの女だった。油断したのも当然だった。まぎれもなく死相が現れた病人なのだから。

「甘いね。将軍のお庭番は」

佐平次は視線を横に移した。女はシーボルトが手術に使った小刀を持っていた。

逃げようとするが、あまりの衝撃で身体が動かない。

首筋に鋭い痛みが来た。

――おいらはここで一巻の終わりか。

と、思った。すると、

「*****」

意味のわからない声がした。

わきから大きな手が突き出され、おのぶの身体が横に飛んで、寝台から落ちた。

「げふっ」

おのぶの口から嫌な音が洩れ、口からすこし血を流し、がくりと首が落ちた。芝居ではない。命が消えたのがわかった。この密偵はぎりぎりの力をふりしぼって、佐平次を殺そうとしたのだ。

愕然としている佐平次に、シーボルトが耳元で、

「あなたにも事情。わたしにも事情。人それぞれに事情」

と、たどたどしい日本語で言った。出島で見たときのえぐみのある笑いも浮かんでいた。

八

暑いあいだ、頭上を席巻していたのは、江戸では見たことのない真っ黒いセミだっ

た。だが、そのセミもいなくなり、こちらは見覚えのある小柄で白っぽいセミが、小銭でもねだるような哀れみを誘う声で鳴いている。

その木の下に、佐平次とシーボルト夫妻がいた。通詞の中井はいない。いなくてもシーボルトは充分に話が通じるのだった。

「お別れですね、穴屋さん」

「はい」

佐平次が長崎を発《た》つ日がきた。

暑い日になったが、その暑さでさえなにか懐かしいもののように思えた。

「これをシーボルト先生に」

「わたしに？」

「お役に立ててもらえたら……」

曲がった柳の枝と杉の木をくりぬいたり、細工したりして組み合わせたもので、身体の音を聞くための器具である。つくるのにそれほど時間はかからなかったが、針金状の錐《きり》を使うので、並の職人にはつくることはできない。後の世の人が見たら、かたちこそおかしいが、まさに聴診器の原型と見るだろう。

ちなみに聴診器をつかった診断法を確立したのはフランスの医師ラエンネックで、

このときから五年前の一八一九年（文政二年）、不朽の名著といわれる『間接聴診法』を発表した。

この著書はまたたく間にヨーロッパに広まっていったが、シーボルトは日本にきたとき聴診器を持ってはいなかった。日本に最初に聴診器がもたらされるのは、このときから二十数年後。ドイツの医師モーニッケがこれをつたえることになる。

こんな未開の国の、しかも医学のイの字も知らない男から教わるなんて、誇りを傷つけるかとも心配したが、シーボルトは受け取った。

「ありがとう。音のちがいを聞き分けるのは大変。でも、やってみます」

「はい」

「あなたは、医者になる気はないのですか」

「いえ。あっしは……」

もしも、もっと若いころにシーボルトのような医者と出遭っていたら、自分も医者をめざそうという気持ちがわいたのかもしれない。佐平次がいままで会った医者はみな、金のためなら毒でも薬といって飲ませるような連中だった。

佐平次が首を横に振ると、

「ふふふ。タダの、穴屋で、ございます」

と、シーボルトは佐平次の真似《まね》をした。

「それと、これは奥方さまに」

あの小便をする小僧の根付は、昨夜、おのぶの内臓を思い出しながら完成させていた。自分でも納得のいくできばえである。これは、自分の誇りのためにつくったもので、持ち帰って依頼主の若旦那にあげるつもりなどない。

「まあ、嬉《うれ》しい」

と、お滝さんは子どものような笑みを見せた。

「あお、見てごらん。凄いでしょ。この穴屋さんがつくったの」

「みゃお」

と仔猫が佐平次を見ながら鳴いた。

「まあ、あおが鳴いたわ。聞いた、いまの鳴き声？」

「はい」

もしかしたら、このあいだの夜のことを思い出したのかもしれない。

「この子は鳴かない猫だったのよ。この子、あなたが気に入ったのかもしれませんよ」

「そうかい。会ったこともないのにな」

と、佐平次はとぼけた。十二番蔵の穴で、その柔らかい身体を、そっと抱きしめたことだってある。

「そういえば、あなたの好きな人のこと、聞きましたよ」

と、お滝さんが言った。シーボルトが話したのだろう。

「本当に手術をなさるの？」

「そのつもりです」

佐平次がうなずくと、シーボルトはゆっくり言葉を選びながら言った。

「いろんな場合があるが、ほとんど皮一枚でふさがっているときもあれば、まったくない場合もある。あとの場合は大変ですよ」

それも覚悟の上である。

「穴屋さん」

「はい」

「あなたとはまた会うような気がする」

「………………」

佐平次は黙ってうなずいた。自分もそんな気がする。悪人ではないが、シーボルトにはまだわからないところがある。穴屋ふぜいがそのあたりをわかるはずはないが、何か気になってしまう。

「では」

佐平次はていねいに頭を下げ、自分には似合わないと思いつつ笑顔を見せ、シーボルト夫妻と、異国につながる町長崎に別れを告げた。


「帰ったぞお」

と、佐平次は両国橋の上で大きく伸びをした。

八月の末である。江戸は涼しい秋風が吹いていた。

空一面にうろこ雲が浮かんでいる。江戸の町にはうろこ雲が似合う気がした。

そのまま本所緑町の長兵衛長屋、人呼んで夜鳴長屋へ急いだ。

路地に入ると、お巳よが外へ出したヘビの箱に餌を入れているところだった。餌はネズミとカエルである。お巳よは殺生をしている気になるらしく、近くの寺にネズミ塚とカエル塚を寄進していた。

横顔を見る限り、すこし痩せたかもしれない。

足音に気づき、こっちを見た。目が丸く見開かれ、泣きそうにゆがんだ。

「ああ、穴屋さん。佐平次さん」

ネズミとカエルを手にしたまま、お巳よが飛びついてきた。佐平次は構わず、生きものごと抱きしめた。

「あたしが悪かった。もう、どこにもいかないでおくれ」

「おいらも旅はしばらくこりごりだぜ」

「どこに行ってたんだい？」

「長崎だよ」

「まあ、そんな遠くに」

お巳よは、まるで新妻のようにいそいそと飯のしたくをしてくれた。無事にもどった祝いだと、酒までつけてくれた。

「お巳よちゃん……」

佐平次は手を伸ばし、お巳よの肩を引き寄せた。

逃げる姿勢は見せない。そのまま、身体をあずけてくる。

「あたし、ずっと佐平次さんに隠していることがあるんだよ。冷たくする気はなかったんだけど、その秘密のせいで、冷たくせざるを得なかったんだよ」

「ふうん」

「言えば嫌いになるよ」

「なるもんか」

「ううん。絶対なる」

「わかってるんだよ」

佐平次はお巳よの膝を軽く叩きながら、やさしく言った。

「わかってるって？」

「もしかしたら、そうじゃないかと思ったのさ。それって、大昔の有名な女といっしょじゃないかい？」

「誰？」

「小野小町」

「まあ。どうして……」

「おいら、お巳よちゃんのその身体を治す術を学んできたぜ」

「えっ」

「だって、おいらの商売そのものじゃねえか。しかも南蛮の医学を学んできたんだぜ。おいらを信じて、まかせてくれるかい」

「あいよ。佐平次さんの好きにしておくれ」

お巳よは、顔を手でふさぎ、横になっている。佐平次は、ろうそくの火をやけどしないよう注意深く近づけた。

草原の先にすこし行ったあたりにあるべき谷間はなかった。もう少しいくと、窪みはあったが、そこにいたるまでは、平らかな小道だった。

そこに小刀を引けば、血が噴き出すだろう。そして、シーボルトが言ったように、ほとんど皮一枚でふさがっているだけなら、かんたんに開通の儀式は終わるだろう。

だが、手術を前にお巳よがぽつりと言った。

「本当に、したほうがいいんだろうか」

佐平次の手が止まり、起き上がってお巳よの顔を見た。

「じつは、おいらもそう思ったのさ」

「そうなの」

「長崎で聞いたんだが、蘭語にリーフデっていう言葉があるんだそうだ。字にすると、こう書くんだ」

佐平次はそれを紙に、
l i e f d e

と、縦に書いてみせた。

「おかしな文字だね」

それを横にしたり、裏返しに見たりしながら、お巳よが言った。

「文字はおかしいが、意味は立派なのさ。これは、好きというよりも、もっとずっと深く好きで、相手を大切にするって意味なんだそうだ。おいらに教えてくれた通詞は、愛って訳するんだと言ってたがね」

「愛？」

「それで、おいらは長崎から帰る途中、ときどき考えたのさ。なにもおいらは、お巳よのことをあれをするためだけで好きなんじゃねえ。お巳よのことを考えるだけでも、なんだか幸せで、一生懸命生きていこうって気持ちになる」

「まあ」

「お巳よにあれがあるとか、ないとか、そんなものは関係ねえ」

「………」

「そりゃあ、お巳よはほかの人と比べたら、大事なものが欠けているかもしれねえ。でも、おいらだって、自分は何か欠けているような気がする。だから、穴を開けることに夢中になってきたんだって」

「あたしのヘビもそうなんだよ。ないものねだりだったのさ」

「でも、一つ二つ欠けていたって人は人だ。お巳よはお巳よだ。だから、そんなことはしなくていいんじゃないかって。わざわざ危険な目に遭わせなくたって、おいらは一つ欠けたお巳よを愛してるんだって」

「嬉しいよ、佐平次さん。やっぱりこのままで、かわいがっておくれな」

佐平次とお巳よは互いに裸になっていた。

二人はしっかり抱き合い、肌と肌を重ね合わせていた。

もしかしたら……。

佐平次とお巳よの二人のあいだに起きた一連のできごとというのは、心に大きなものを失っていた者たち同士が、お互いを埋め合い、かばい合う〈愛の物語〉でもあったのだろうか。

佐平次の律動が激しくなっていた。

お巳よの身体に満足の喜びがあふれ、いつしかこう叫んでいたのだった。

「佐平次さんは、あたしの心に愛の穴をあけてくれたよぉ」

解　説

杉江松恋

プロフェッショナルの美技、ここにあり。

佐平次という男がいる。長屋の軒先に「穴屋」の看板を下げており、その隣に但し書きとしてしたためたとおり「どんな穴でも開けます　開けぬのは財布の底の穴だけ」という稼業を営んでいる。あるときは粋人《すいじん》の求めに応じて一本一本にちくわのような穴の通ったそばをこしらえ、またあるときは屋敷から屋敷への抜け穴を掘ったりもする。要は穴開通のスペシャリストである。風野真知雄『穴屋でございます』は、穴を開けさせたら広い江戸に右に並ぶ者はいないという快漢の活躍七篇を収めた連作短篇集だ。

ミステリーファンなら本書を読んで、たちどころに二つの作品を連想するはずだ。

一つはアメリカの作家エドワード・デンティンジャー・ホックが創造したニック・ヴェルヴェットの連作である（『怪盗ニック全仕事1』他。創元推理文庫）。ニックは腕のいい泥棒だがプールの水や使用済みのティーバッグなど、価値のないものしか盗まないことを信条としている。その彼のところにやってくる依頼人は、いずれも訳ありの者ばかりだ。「なぜ（why）そんなものを盗ませたがっているのか」「どうやって（how）盗むのか」という二つの難題にニックは毎回立ち向かうことになる。

依頼人を完全に信用するわけにいかないのは佐平次も一緒である。第一話「穴屋でございます」（初出：「問題小説」二〇〇〇年一月号）で、美女の姿を描き移すためにのぞき穴を掘ってもらいたい、と頼んできたのは一人の絵師だった。佐平次は彼を尾行して、その正体が有名な葛飾北斎であるということをつきとめる。「なぜ穴開けという変わった依頼をしてきたのか」を「どうやって開けるのか」に先行して確かめるのは、佐平次の自衛策なのである。

もう一つの先行作は、都筑道夫の〈なめくじ長屋捕物さわぎ〉だ（『ちみどろ砂絵』他。光文社文庫）。正体不明の人物・砂絵のセンセーが、なめくじ長屋の怪しい面々を率いて数々の事件解決に取り組むというシリーズである。時代ミステリーに戯作の怪しさを復活させた、記念碑的作品だ。そのエッセンスも本書には取り入れられている。

なめくじ長屋の所在は神田橋本町（現在の千代田区東神田）だったが、佐平次の住まいする夜鳴長屋は本所緑町（現在の墨田区緑）にある。長屋の住人全員が夜になると夜鳴きそば屋のように動き出すからこの名がついているのだそうで、みなが穴屋の佐平次を始めとして怪しい稼業の者ばかり、たとえば御免屋は、厄介《やっかい》ごとが起きたときに当人に変わって詫《わ》びを入れにいくのが仕事だ。世間のあぶくのような連中がこの長屋にはあつまっているのである。

物語の中で特筆すべき働きを見せるのが、ヘビ屋のお巳《み》よだ。生きたものから乾物まで、ありとあらゆる種類のヘビを扱う商売をしていて、たとえば第二話「猫に鼻輪をつけてくれ」（初出：「問題小説」二〇〇〇年六月号）ではインチキ宗教の教祖に、使い姫として貸し出していた。本人は妖艶な色気の持ち主で、第三話「大奥のぞき穴」（二〇〇一年十二月号）では、それを利して標的を騙《だま》くらかす仕事をした。佐平次もその危険な魅力にぞっこん参ってしまっているのだが、触れなば落ちんと見せかけてなかなかなびかないのである。このしたたかな娘との関係が一つの柱にもなっている。

作品の魅力としては「なぜ」と「どうやって」の他に「誰」の要素もある。毎話、歴史上の人物がゲストとして登場し、意外な活躍を見せる。今回は誰の名前がどんな場面で挙げられるのだろう、と予想するのがまた楽しいのだ。第四話「首斬り浅右衛門の穴」（初出：「問題小説」二〇〇二年十二月号）では、罪人の斬首を一手に引き受けていた凄腕《すごうで》の持ち主、山田浅右衛門が仕事の障害となる形で現れる。恐ろしい首斬り浅右衛門の注意をなんとかして逸《そ》らさないと穴は掘れないのだ。その次の第五話「殺ったのは写楽だ」（初出：「問題小説」二〇〇四年七月号）では、蜀山人《しょくさんじん》こと大田《おおた》南畝《なんぽ》のネタ帳を盗んだ犯人捜しが、幻の浮世絵師・東洲斎写楽の素性を巡る謎へと発展する。江戸文化が爛熟《らんじゅく》を極めた化政期の文人を中心に、錚々《そうそう》たる顔ぶれが花を添えるのがこの連作なのである。

さらにもう一つ。穴屋、などというおかしな商売を思いついた佐平次とは、そもそもどんな人間なのか、という謎もある。彼には、穴は大好きだが坑道を掘ると底知れぬ恐怖にとらわれるという弱点がある。佐平次の自称するところでは根付の細工師と宮大工の見習い経験があり、佐渡の金山にもふた月ばかりいたことがあるという。彼の閉所恐怖症は、おそらくはその金山での経験に由来するものなのだ。第六話「土が好き、穴が好き」（書き下ろし）で過去の一部が明らかになり、第七話「愛する穴屋」でさらなる秘密が開陳される。同時に佐平次をめぐる人間関係に変化が生まれ、物語は大団円を迎える。

これまでさまざまな連作時代小説が書かれてきたが、「穴」という主題をあの手この手で用い、全七篇まったく同じような話は一つもないというバラエティに富んだ作品集に仕立て上げたという点で本書は異彩を放っている。佐平次が穿《うが》つ穴は物理的なものだけではない。たとえば「首斬り浅右衛門の穴」では、斬首という非情な仕事を、感受性を鈍麻《どんま》させることで続けている浅右衛門に対して、その「鈍く鎧《よろ》った心」にも穴を開けるのだ、と佐平次が意識する場面がある。こうした具合に「穴開け」という現象を切り口に用いれば、位相の異なる出来事をなんでも描くことができるわけである。「穴屋」という稼業は誠に便利な発明であった。

小説にはすでに述べた通りミステリー的な味があり、お巳よと佐平次の関係がどう変化していくのかという人間ドラマの興味もあり、佐平次の謎めいた過去が少しずつ明かされていく伝奇小説的な関心もある。このように話の構造は重層的であるのに、流れるような語り口が手伝って、まったく胃にもたれることなく楽しむことができるのが素晴らしい。そういえば、佐平次という名は故・立川談志の十八番であった「居残り佐平次」を連想させる。おそらく作者は落語的な語りを意識しているのではないか。

本書は新装版で、元版は二〇〇八年に『穴屋佐平次難題始末』と題し文庫オリジナルの形式で刊行された。シリーズはこの後、『幽霊の耳たぶに穴』（二〇〇九年）、『穴めぐり八百八町』（二〇一二年。いずれも徳間文庫）と続くのである。本書第一話に登場した葛飾北斎は、続刊では準レギュラーに近い頻度で登場して、穴屋の商売繁盛《じょう》に一役買っている。佐平次が穴を開ける対象も千差万別であり、読者を飽《あ》きさせることがないのはさすがである。現時点の最終巻である『穴めぐり八百八町』では、佐平次をめぐる人間関係にも大きな変化があるので、期待していただきたい。

作者の風野真知雄には剣豪小説〈若さま同心　徳川竜之助〉シリーズ（双葉文庫）、忍者小説〈妻は、くノ一〉シリーズ（角川文庫）など、いくつかの看板作品がある。市井《しせい》の人々の情がユーモアの中に滲《にじ》んで見えるのが風野の特徴だが、もう一つ、ミステリーのプロットを自在に操るという長所もある。風野のそうした一面を意識したのは『西郷盗撮』（角川文庫）に始まる、文明開化の明治を舞台とした〈剣豪写真師・志村悠之介〉シリーズだ。代表作の一つである〈耳袋秘帖〉シリーズも、奇譚の宝庫である『耳袋』の世界と殺人事件の謎解きという興味とを合体させた点に新しい発見があった。『穴屋佐平次難題』はそうしたミステリー色のあるシリーズに近く、風野の魅力を味わうには恰好《かっこう》の入門篇でもあるのだ。

穴とはいうものの、時代小説の本命もここにあり。読み逃すべからず。

二〇一七年一月

本書は2008年2月徳間文庫として刊行された『穴屋佐平次難題始末』を新装版刊行にあたり改題しました。

なお、本作品はフィクションであり実在の個人・団体などとは一切関係がありません。

徳間文庫

穴屋《あなや》でございます

2017年2月15日 初刷

著者 風野真知雄《かぜのまちお》
発行者 平野健一
発行所 東京都港区芝大門二―二―二〒105―8055
株式会社徳間書店
電話 編集〇三(五四〇三)四三四九
販売〇四八(四五一)五九六〇
振替 〇〇一四〇―〇―四四三九二
印刷 製本 図書印刷株式会社

ISBN978-4-19-894203-8 （乱丁、落丁本はお取りかえいたします）